LES AUTRUCHES

DU ROI SOLEIL

PAR FRANCISQUE DE BIOTIÈRE.

PARIS, Marpon, éditeur, 4 à 7, Galeries de l'Odéon.

LES
AUTRUCHES
DU
ROI SOLEIL

REVUE-FOLIE ILLUSTRÉE

PAR FRANCISQUE DE BIOTIÈRE

Correspondant fantaisiste du *Progrès de l'Aisne*.

Ridendo castigat ....

PARIS

MARPON FRÈRES, ÉDITEURS

4 A 7, GALERIES DE L'ODÉON

1867

LES AUTRUCHES DU ROI SOLEIL.

Publié dans le journal le Progrès de l'Aisne.

REVU ET CORRIGÉ PAR L'AUTEUR.

Soissons. — Imprimerie Ed. Lallart, rue des Rats, 8.

A MON EXCELLENT ET SAVANT AMI

GUSTAVE CHAPELAS

Astronome au palais du Sénat.

FRANCISQUE DE BIOTIÉRE.

AVANT DE MONTER AU CIEL

En donnant à mes lecteurs cette petite fantaisie littéraire, écrite au saut de la plume, je dois leur faire part de quelques réflexions qui m'ont été suggérées : « Le public, m'a-t-on dit, ne saurait saisir une allégorie mythologique : ce genre de causerie est trop fin, trop délicat, il s'adresse trop aux esprits cultivés et pas assez à la foule. »

Qu'importe !... En présence des affiches ridicules, plates et maladroites, pour ne pas dire insensées, qui ont décoré longtemps les murs de la capitale et produisaient l'effet d'une arlequinade sur un plan de foire, je persiste : tout en ayant mes coudées franches, je me tiendrai pour très-flatté, si je puis un instant rappeler le lecteur à sa propre estime en lui laissant quelque chose à deviner.

Pourquoi, dès l'abord, ma pensée ne serait-elle pas comprise ?

Le Roi Soleil, le roi littérateur de la finance littéraire, l'homme aux lunettes d'or : tout le monde s'incline devant lui, tout le monde le salue : — Jupiter, le scribe émérite payé mille francs par mois, sans compter le casuel, pour fournir de sa main, ou de celle de son secrétaire, 365 chroniques par an : chacun le connaît et l'estime ; — Fanfan-Soleil, autrement dit *Petit Journal,* plus de deux cent mille personnes, sans distinction de race, de sexe, ni de couleur, lui donnent une place au foyer domestique, et lui assurent une rente quotidienne de cinq centimes qui suffit largement à ses menus plaisirs ; — Paris, la Ville Éternelle du colportage, de l'affichage et du mensonge à bon marché : vous la connaissez ou apprendrez à la connaître, à tout instant les trains des chemins de fer y déversent des flots de voyageurs. — Est-ce assez explicite ?

Faut-il, pour être agréable, écrire des noms en toutes lettres, ou, comme mon spirituel ami Gill, du journal *la Lune,* attacher, par d'énormes clous, les individualités au pilori de la place publique et les recommander à la charité des passants ? — Non ; malgré l'indélicatesse avec laquelle messieurs de l'affiche traitent le public, ma *Revue,* folle et rieuse, sera avant tout honnête et courtoise.

Pour prendre place après tant d'autres, je n'ai pas la prétention d'être muni de la fronde qui doit renverser le GOLIATH des talents avortés; aussi je désire qu'on me laisse au moins reconnaître que si, en voulant distraire, je me vois privé de l'assentiment général, toute la faute doit nécessairement retomber sur moi, qui n'aurai pas eu le talent de m'exprimer d'une façon simple, claire et précise.

Qu'on me permette également, avant de commencer, de voter des remerciements infinis à l'ami, artiste, savant et homme du monde fort distingué, qui m'a généreusement prêté le concours de son crayon, et a voulu pousser la modestie jusqu'à dérober son nom aux honneurs de la publicité.

Paris, 8 novembre 1866.

FRANCISQUE DE BIOTIÈRE.

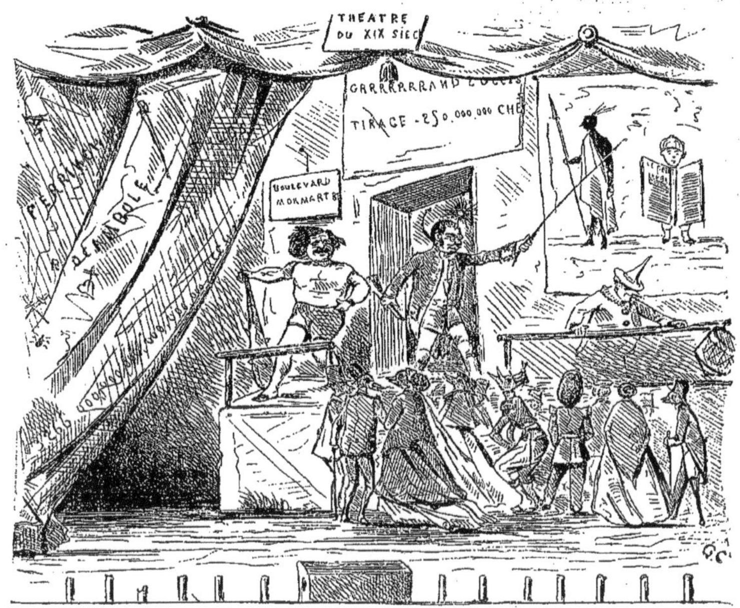

LES AUTRUCHES DU ROI SOLEIL

I

En ce temps-là, vers l'heure de minuit, un hérault monta au plus haut beffroi de la ville de Paris et jeta aux échos d'alentour les paroles suivantes :

« Cent mille francs a qui dira ce que sont devenues les autruches du Jardin des plantes ! »

Mais comme les habitants étaient souvent réveillés par de fausses nouvelles, chacun eut hâte de regagner son lit, jurant, maugréant et pensant bien qu'on ne délivrerait pas aussi gratuitement pareille somme pour deux oiseaux qui s'étaient donné de l'air ; et personne ne s'occupa des susdites autruches, hormis un vieil astrologue qui, du bout de sa lunette, ne tarda pas à les apercevoir volant dans la direction du Soleil.

Quand, au lever de l'aurore, le savant voulut faire part de son observation, on le traita de fou, d'halluciné, de radoteur, et on le renvoya insolemment à ses télescopes. — Et cependant il avait mérité les cent mille francs, car il avait dit vrai, et sa parfaite lucidité d'esprit était digne de toute créance.

Or, voici ce qui venait de se passer dans le royaume céleste.

II

Il y avait ce jour-là grand conseil des ministres à la cour du roi Soleil. Seules, deux planètes de haute lignée n'avaient pas répondu à l'appel : Mars et Mercure; une dame de cour, la Lune, et une princesse royale, Vénus, astre de la plus grande beauté, avaient aussi fait des excuses sous divers prétextes; mais comme la Terre, à son tour, ne paraissait pas et qu'elle s'était dite enrhumée du cerveau, le bruit courut que cette dernière donnait une soirée, à laquelle les deux couples devaient s'être fixé rendez-vous. — Et ce n'était pas la première fois que, dans leur course à travers les mondes, ces divinités se faisaient remarquer par leur amour des plaisirs et de la bonne chère. Non que le roi Soleil fût ennemi des jeux et des rires, mais il voulait garder son prestige. Aussi, dès l'entrée, il flamboya de colère ; les astres pâlirent et se voilèrent la face de stupeur !

Enfin, au milieu du plus grand calme, on ouvrit la séance, et l'on commençait à discuter un projet de loi qui devait transmettre à la Terre des rayons moins obliques, lorsque Son Altesse royale Fanfan-Soleil, un petit amour d'astre, qui faisait les délices de la cour, se précipita dans la salle, botté, éperonné, cravache à la main :

— Papa, cria-t-il de toutes ses forces à Sa Majesté, je veux des autruches, j'en veux d'autres, une pleine ménagerie !...

Sa Majesté sentit renaître sa colère et tourna sur elle-même avec une telle rapidité qu'en un instant le palais parut en proie à un violent incendie.

— Ce moutard-là, fit le roi, me conduira aux Petites-Maisons !... Excellences, je me vois forcé de renvoyer à huitaine la présente session.

Et l'assemblée fut dissoute, et Son Altesse royale trépignait de joie.

— Avoue, Fanfan, lui dit le roi quand ils se trouvèrent seuls, que tu as de singuliers caprices !... Enfin que veux-tu ? sont-ce des billes ? je vais t'en envoyer quérir dans la voie Lactée. N'es-tu pas le plus heureux prince du Cosmos ? Tiens, je vois que j'ai commis une sottise en te donnant Jupiter pour gouverneur ; il obéit à toutes tes fantaisies, et maintenant tu deviens impérieux au point de me rendre ridicule auprès des ambassadeurs des mondes inconnus.

— Oui, je le vois bien, répondit Fanfan, tu voudrais me la *faire au pétrole !*

— Par ma gloire, quel est ce jargon, mon fils?... De l'argot.... comme dans les faubourgs d'Astrensak ! Je suis sûr que, malgré ma défense, tu as conversé avec la Lune. Avant d'entendre encore une fois ces propos irrespectueux sortir de ta bouche, je préférerais....

— Oh, oui, papa Soleil, des autruches !... une grande volière, avec beaucoup d'autruches dedans !...

— Soit, fit le roi, je t'en donnerai ; mais promets-moi de n'avoir jamais d'entretiens avec la Lune ; quant à Vénus...

— Elle doit être à Mabille, ce soir, exclama Fanfan, en prolongeant de ses deux mains son appendice nasal.

Mais le roi Soleil, qui était d'un certain âge, et avait l'infirmité de n'entendre qu'à demi, et de n'y voir qu'aux deux tiers, crut que Fanfan lui disait bonsoir et lui envoyait un baiser ; aussi retournait-il à ses appartements.

Seulement, il se disait à part lui : « Des autruches !... que veut dire par là mon fils? Voilà des personnages avec lesquels je serais enchanté d'entrer en connaissance. » Et aussitôt, pour en avoir une idée précise, il appela le gouverneur.

III

Jupiter allait monter en fiacre au moment où le roi Soleil le fit demander.

— Tiens, lui dit Sa Majesté sèchement et avec hauteur, voici les vingt-huit sous de ta voiture. Ne fais pas plus longtemps attendre le cocher de l'administration ; ce serait peine inutile... j'ai à te parler.

Et le gouverneur tremblait devant son souverain ; mais ce n'était qu'un coup de la Providence qui devait le mener droit à la fortune.

Le roi, en effet, l'entraîna dans sa bibliothèque , dont les rayons étaient chargés des plus rares liqueurs de Planétenskoff, et lui en versant de sa royale main un quadruple petit verre pour mieux engager la conversation :

— Ah çà! lui dit-il, parle-moi franchement, Jupiter ; tu élèves très-mal Fanfan. Où a-t-il pris cette idée d'autruches?

— Sire, répondit humblement Jupiter, je m'en vais tout vous dire , et le récit ne sera pas long. Vous connaissez mon amour pour les voyages ; dieux merci, je puis me piquer d'avoir mené une vie aventureuse, et j'ai coûté bien des chagrins à Votre Majesté.

— Voyons, ne m'attendris pas, continue.

— Arrivé à une certaine proximité de la Terre, j'aperçus un jour, à sa surface, deux énormes points noirs qui s'agitaient au milieu de nombreux points blancs, et de plus nombreux points rouges.

— Comme sur cet échiquier? interrompit le roi Soleil en lui montrant du doigt une table d'ébène incrustée de nacre et de corail.

— Pas précisément, Sire. Poussé par la curiosité, je m'armai de mon binocle et fus assez heureux pour découvrir que les points noirs se promenaient gravement dans une sorte de parc dont votre jardin botanique d'Auriflor peut vous donner une juste idée. Mars, à qui je m'en ouvris, à cause de ses nombreux voyages dans cette planète, m'assura que les points blancs étaient des bonnes d'enfants.

— Autruches ?

— Comme vous voudrez, Sire.

— Et les points rouges ?

— Des fantassins.

— Autruches ?

— A votre choix, Majesté... Quant aux points noirs , c'étaient... dieux, comment vous dire ?

— Parbleu, des autruches encore !

— Vous l'avez deviné. J'avais l'œil braqué sur le jardin des Autruches. Mars , continuant sa leçon, me dit que ce genre d'habitants avait des plumes soyeuses , duveteuses, fines au toucher, et qu'il les payait un prix fou chaque fois qu'il menait Vénus au concert des Champs-Élysées.

— Ah, mais, sais-tu que tout cela est charmant, exclama le roi ; et tu ne t'étonnes pas de me voir si vieux et si peu curieux des nombreuses richesses de mon royaume. Mais c'est divin, c'est ravissant, c'est étourdissant, ce que tu me racontes-là ! Donne-toi donc la peine de t'asseoir.

Et Sa Majesté lui présenta elle-même une

chaise d'or massif que Jupiter, si elle n'eût été trop lourde, avait bonne envie d'emporter.

— Tout naturellement, reprit le roi, tu fis part à Fanfan de cette découverte, et de là son vif désir de posséder des habitants de la Terre... Et dire qu'à mes réunions, cette mijaurée-là ne m'en a jamais ouvert la bouche, la sournoise!... Oh! je la surveillerai de près... A propos, Jupiter, il eût été admirable que tu eusses pu te procurer quelques-unes de ces intéressantes créatures.

— C'est ce que je me suis empressé de faire, répondit le gouverneur. Voici comment: Une après-midi que l'atmosphère était en deuil, brumeuse et sombre, presque dans les ténèbres, un jour que Votre Majesté était indisposée...

— Le jour de mon catarrhe intestinal?

— Vous y êtes... je lançai, dans la direction de ce coin fortuné de la Terre un aérolithe sur lequel étaient écrits ces mots en lettres de feu : « AUTRUCHES, SOLEIL, *envoi subito, præsto, bon train !* »

— Je t'admire, Jupiter, fit le roi enthousiasmé, tu es le moins sot de mes ministres, et assurément le plus expéditif; je le reconnais, et pour preuve, viens déguster avec moi une boîte de cigares que j'ai reçue ce matin par le dernier paquebot aérien.

Et le roi lui tendit une caisse longue et parfumée qui paraissait venir directement d'Espagne.

— Des trabucos de contrebande! murmura Jupiter en pâlissant... Infernal Mercure, pourvu qu'il n'aille pas vendre la mèche!

Et le roi, croyant qu'il poussait des exclamations de surprise, lui dit : « Tu peux les fumer tous, à condition que tu achèveras ton récit.

— Volontiers ! répondit Jupiter, en allumant un cigare long d'une coudée dont il fit voler sans façon la fumée à la barbe du roi Soleil.

IV

— La pierre que j'avais lancée, continuat-il, était un lapis-lazuli, pierre d'azur. Je crois qu'elle arriva au but : car dix ans après, à 8 heures 36 minutes 49 secondes, au sablier de votre palais, j'étais mandé pour la réception des autruches... Dans quel état je les vis, Majesté !... Elles avaient les plumes humides de neige et de glace, et sous leurs ailes, des cachets rouges qui étaient les sceaux de tous les astres chez qui elles avaient été hébergées. Depuis ce jour, je les garde dans une annexe de la cour des Dragonbismark, dans un pavillon ciselé d'or et de diamants, constamment à la disposition de Son Altesse votre royal fils.

Le Soleil se dandinait orgueilleusement.

— En vérité, s'écria-t-il, si je n'étais le roi Soleil, je voudrais être Jupiter... Dorénavant, je ne veux plus *souffler ma bougie* avant de t'entendre raconter quelque épisode de tes voyages... Mais non, je n'y tiens plus... Tu ne vois donc pas que je brûle du désir de les voir, de les contempler, ces autruches. Fais-les venir, je l'ordonne !

Et les autruches du Jardin des plantes de Paris furent aussitôt amenées en présence du roi, devant la cour assemblée. Elles portaient au cou une chaîne d'or longue de 842,537 kilomètres et, attachés à leur bec, des pendants de même métal, d'un prix inestimable. Soit par respect, soit qu'elles fussent éblouies d'une Majesté si éclatante, elles s'avançaient à pas lents, les yeux modestement baissés.

Le roi, qui pour la première fois voyait devant lui de si nobles personnages, les fit approcher de son trône pour les caresser et les embrasser; mais quand il passa sa royale main dans leurs plumes velouteuses, tout le duvet tomba brûlé, calciné, réduit en cendres, et les autruches n'avaient déjà plus que l'immense envergure de leurs ailes qui pût les faire reconnaître.

— Jupiter, cria le roi hors de lui-même à cette vue, suis-moi, il est temps. Ton nom retentira au-delà des mondes connus, j'attacherai à ta ceinture tous les clous d'or du firmament s'il le faut ; mais partons, partons !

— Où donc? demanda le gouverneur stupéfié d'étonnement.

— Pour la patrie des autruches, je veux voir la terre avant de mourir. Prends tous mes instruments d'optique, vise sur Paris les points blancs, rouges et noirs, je veux savoir ce que l'on fait là-bas ; c'est un royaume que j'ai trop négligé.

— Pauvre monarque! il tombe dans l'enfance, pensa Jupiter. Comment viser les points noirs, puisque les autruches sont ici ?... Mais, Sire, reprit-il, en proie à une pensée d'un autre ordre, je ne puis; j'ai oublié de vous avouer que dans mes voyages...

— Allons ! des scrupules, des remords, quelques peccadilles, des défroques laissées aux haies du chemin, des dettes de garçon! Et moi donc, crois-tu que je sois sans taches ? Viens, te dis-je, je paierai tout !

V

Le roi avait émeuté son palais, tout était sens dessus dessous. Il avait nommé un, puis deux, puis trois régents, si bien que chacun déjà se disputait le pouvoir suprême. Le pauvre roi, en effet, n'avait plus la tête à lui, il ne voyait qu'autruches, autruchons et autruchettes. Apollon, son fidèle cocher, qui connaissait toute la rigueur de ses ordres, était à son poste, ses rapides coursiers sellés, bridés, attelés à l'immortel phaéton. Mais le roi ne le regarda même pas, il courut aborder un vieux sarcophage qui lui avait été adressé, poste restante, il y avait quelque mille ans, par son sujet Sésostris en souvenir du culte égyptien, et qu'il gardait comme la prunelle de ses yeux en son musée de Campanasol ; puis quand il eut attaché la double chaîne des autruches à ce char improvisé, il s'y précipita entraînant Fanfan qui demandait une tartine, et cria de toute la force de ses poumons :

— En voiture, Jupiter, en voiture !...

Imprudent Soleil, il n'emportait avec lui qu'une paire de rasoirs, une serviette ouvrée, un fusil à aiguille, un bonnet de coton et un bâton philocome, seuls objets que, dans sa précipitation, il eût rencontrés sous sa main ; mais il n'oublia pas un mystérieux manteau qui avait la vertu de donner à sa personne plus ou moins d'éclat selon qu'il lui plaisait de faire monter ou descendre le fameux thermomètre du Chevalier du Pont-Neuf.

Quant à Jupiter, il ne brillait pas par les colis; il avait fouillé dans ses paperasses et emportait sous son bras, un encrier de corne, un porte-plume de caoutchouc, et une copie à la main des *Contes de la mère l'Oie, Croquemitaine, Geneviève de Brabant* et autres fadaises qu'il avait l'intention d'offrir comme échantillons de nouveautés aux habitants de Paris, beaucoup plus avancés qu'il ne pensait en ce genre de littérature.

Certes, le roi Soleil s'y fût opposé en toute autre circonstance, car il avait toujours fait de ces vieilles rangaines ses lectures de prédilection. D'un autre côté, il connaissait à Jupiter, assez d'intelligence et de bonne volonté pour diriger sûrement les autruches : cela lui suffit, et, le voyant grimpé sur le dos d'un de ces bipèdes, il s'installa lui-même dans le sarcophage, assura Fanfan sur ses épaules et donna le signal.

Aussitôt, on entendit un bruit strident qui fendit l'air, c'étaient les autruches qui prenaient leur essor. Tout le personnel de la cour frémit d'épouvante.

— Ah ! dieux immortels ! criait-on de tous côtés, ils vont se briser le crâne dans les carreaux du Palais de l'Industrie !

Mais le sarcophage portait le roi Soleil et sa fortune.

On ne perçut bientôt plus que ces mots :

— Fanfan, cramponne-toi après moi : Y es-tu ?

— Oui, papa...

Et les voilà partis...

VI.

Mais n'anticipons pas, et disons dans quelle disposition dame la terre va les recevoir. Depuis plusieurs mois, le Soleil n'avait pas donné preuve d'existence. Il nous l'a dit : Son catarrhe intestinal en était la cause. Ce n'était pas sa faute, il était bel et bien resté quatre mois alité, occupé à recevoir des visites et à se médicamenter. Les marques d'affection universelle dont il avait été l'objet étaient toutes naturelles, chaque nation qui s'était fait représenter avait voulu sauvegarder ses intérêts : il n'est qu'un Soleil au monde.

Paris était dans la consternation ; mais la Terre, reine légère, inconstante et frivole, très-négligente des affaires de son royaume et aussi tout occupée des fastueuses réceptions qu'elle faisait aux planètes ses invitées, n'avait pas même envoyé sa carte au roi Soleil convalescent, et Sa Majesté lui en gardait rancune.

Aussi, quand l'aérolithe lancé par Jupiter tomba au milieu du Jardin des plantes, pendant une pluie diluvienne, l'Académie des sciences, à qui il fut apporté, se réunit-elle en séance extraordinaire. — Ce jour-là, elle était au grand complet !

« Messieurs, cria de sa plus belle voix Babinésomnus, en donnant l'interprétation des mots gravés sur le télégramme céleste, n'abusons pas plus longtemps de la lumière qui nous éclaire. Le Soleil nous boude, il exerce contre nous sa *vingince* et il a cent fois raison ; en poussant la hardiesse jusqu'à analyser ses rayons, nous avons obligé l'astre royal à se refroidir. Prenons-y garde ! cette pierre venue d'en haut, munie de caractères très-lisibles et en bon patois d'Auvergne, ne nous confirme-t-elle pas dans l'idée que l'offrande de nos autruches deviendrait très-agréable à Sa Majesté ?...

Faisons donc ce sacrifice, la postérité nous en sera *reconnaissinte !* »

Et l'on applaudit des deux mains : jamais discours aussi lucide n'avait été si bien compris.

Les autruches étiquetées, numérotées, portant sous l'aile leur extrait mortuaire, furent lancées pour les régions supérieures, et, comme on l'a vu, n'arrivèrent qu'au bout de dix ans au palais du Soleil, leur dernière destination : mystère insondable pour les prophètes qui avaient fixé un délai beaucoup plus rapproché.

..... Cependant les temps étaient accomplis, la Terre se mit à trembler sur son pivot, le ciel s'embrasa, on vit le Soleil éclatant, radieux, percer les nuages. On criait dans les rues, sur les places : « Il vient, il arrive ! »

Et il était venu.

Et l'on s'embrassait, on dansait en rond, on disposait les chevaux de bois et les mâts de cocagne. C'était un concert de bénédictions, d'actions de grâces ; c'était une vraie fête du Soleil, excepté pour le roi lui-même qui allait contrarier, pour la première fois de sa vie, ses habitudes de paix et de tranquillité.

Les astronomes les plus célèbres montèrent à leur observatoire : c'étaient Coulviésagax et Chapeladulcis, tous deux préposés à la garde des étoiles filantes. Ils constatèrent une oscillation, une turbulence, une révolution dans toute la sphère céleste et un désordre complet dans le palais du roi Soleil... C'était l'anarchie.

Meuniécogitans lui-même, un savant rébarbatif de Paris, qui ne connaît que son calumet, sa cheminée à la prussienne et ses vieux parchemins, sentant sa chaufferette se glisser sous les pieds, analysa, compulsa, chercha, fouilla dans tous les coins de son cabinet ; et ne comprenant rien au déver-gondage qui régnait dans la nature, brisa de colère son globe terrestre, et absorba vingt livres de nicotine avant d'avoir pu démêler les causes d'une si épouvantable catastrophe.

VII

La course, en effet, avait été rapide, affolée, vertigineuse. En huit minutes, à raison de 70,000 lieues par seconde, ils avaient parcouru une distance de 35 millions 353,208 lieues ! Aussi les autruches, en touchant le sol, s'écrasèrent-elles comme des poulpes marins. Le sarcophage, se brisant en mille pièces, couvrait la ville de Paris d'un immense réseau de poussière. Le roi Soleil, tout en nage, était étendu sur le sol, enveloppé dans son manteau. Jupiter avait bien ajusté son point de mire. Mais, astres divins, dans quel état arrivaient-ils, et dans quel quartier de Paris !...

C'était une place triangulaire, avec une borne-fontaine au milieu pour tout monument, de misérables échoppes pour habitations, en pleine place Maubert.

Jupiter haletant, son fouet à la main, courut bien vite vers la source qu'il avait aperçue et s'empressa de rappeler les esprits du roi.

— Que c'est bête, fit-il avec humeur, de se laisser tomber ainsi, comme une pomme cuite, sans connaissance ; et moi plus stupide encore d'avoir oublié là-haut mon eau de mélisse des Carmes !... Aussi, que ne m'avait-il averti lui-même de cet excès de faiblesse !

Dès qu'il eut écarté le manteau du roi Soleil, celui-ci se passa la main dans les cheveux, comme s'il sortait d'un long rêve. Il n'avait pas conscience de ce qui venait de se passer, mais Jupiter se hâta de lui dire qu'il était fort heureux, pour eux, d'être tombés en cet endroit, et que s'il voulait se donner la peine d'avancer, il entendrait un orgue de Barbarie qui jouait à ravir le répertoire du Vieux Ménestrel.

Mais le roi Soleil avait bien d'autres chiens à fouetter. Fanfan à la vue des clochers qui se dressaient comme des aiguilles prêtes à lui percer le flanc, avait perdu la tête. Il se tenait à peine sur ses jambes :

— A boire, j'ai soif ! papa Soleil, criait-il en sanglotant.

— Ne veux-tu pas m'appeler par mon nom, fit le roi en lui posant sa royale main sur la bouche... Dieux de l'Olympe, qu'il est idiot cet enfant-là !

Enfin ils abordèrent un homme d'aspect assez singulier, qui portait une énorme boite de fer-blanc derrière le dos et qui sur l'invitation de Jupiter, leur versa dans un verre de ruoltz des flots d'une liqueur plus blonde que les cheveux de la princesse Vénus, dorés comme un rayon de soleil.

— Voilà, dit le roi avec admiration, une autruche bien utile ! J'aime mieux son élixir que l'eau trouble et fangeuse avec laquelle tu viens de me débarbouiller, Jupiter.

Fanfan, encouragé par ces mots, fit doubler la tournée. Sa Majesté ajouta qu'elle regrettait beaucoup de ne pouvoir mieux distinguer la pompe mystérieuse que cette autruche-naïade portait ainsi en bandoulière. De son côté, le personnage, grave et majestueux dans son burlesque accoutrement, crut lui en témoigner sa reconnaissance en disant que pour si bien lever le coude Fanfan était réellement un fils du Soleil.

— Nous sommes reconnus ! s'écria le roi avec fureur.

Et il ouvrit son manteau, d'où il fit jaillir ses rayons les plus ardents. L'homme et sa fontaine fondirent devant Sa Majesté comme la plus ordinaire des pelotes de beurre.

Tout à coup le roi se sentit frappé d'un violent remords.

— Je ne voulais que l'aveugler, dit-il à Jupiter. Cette autruche-là, je l'aurai longtemps sur la conscience.

— Ah ! Sire, répondit Jupiter, si vous ne voulez pas être misérable en ce pays, je dois vous avouer qu'il vous faudra en éclipser bien d'autres.

VIII

Jupiter se félicitait encore d'avoir débarqué sur la place Maubert, car ses vêtements étant en lambeaux, dans tout autre quartier de Paris on n'eût pas manqué de le huer et de le poursuivre comme un malfaiteur ; et cela n'aurait eu rien d'étonnant: toutes les contrées limitrophes étaient sous le coup d'un célèbre brigand nommé Rocambole, qui menaçait de revenir d'autant plus de fois à la vie qu'on lui donnait plus de fois la mort.

— Sire, dit Jupiter quand il vit que le roi avait recouvré toutes ses forces dans la liqueur dorée qu'il venait de boire, je regrette d'avoir agi franchement avec vous: j'aurais dû soustraire les autruches à vos regards et ne jamais vous parler du royaume de la Terre !

— Toi, répondit le roi, tu me fais l'effet d'une mouche tombée dans un plat de crème ; maintenant tu parais embarrassé de l'existence, et tu n'es qu'un imposteur, tu as menti à ton souverain. Jupiter-*Léo*, tu m'as trompé sur l'*espèce*, ces autruches-là ne ressemblent en rien à celles qui nous ont véhiculés jusqu'ici, et puis ce pays est affreux, tout cela est sombre, noir, humide, malsain... Tiens, brr, brr... j'ai froid, enveloppe-moi bien dans mon manteau.

Le roi Soleil étant suffisamment couvert, l'atmosphère se chargea aussitôt de nuages et la pluie commença à tomber.

— J'ai là-haut un mauvais conseil de régence, fit observer le roi à Jupiter.

Au même instant un habitant de Paris passa, garanti de son parapluie, chose pour nous très-naturelle. Cette exhibition valut au gouverneur une nouvelle question du roi, qui paraissait tout surpris de voir qu'en son absence on sût si bien se préserver du mauvais temps. Il courut à ce personnage, l'aveugla du revers de son manteau et revint triomphant, brandissant en l'air le robinson comme un drapeau pris à l'ennemi.

— Sire, hasarda Jupiter, vous venez de commettre là une injustice.

— Comment cela ?

— Vous avez soustrait à cet inconnu un objet de première nécessité.

— Que dis-tu là, misérable ? Eh quoi ! je lui ai fait l'honneur de le regarder en face ; ma vue ne vaudrait pas ce misérable objet !... Combien cela coûte-t-il dans les prix forts ?

— Sire, au bazar Buci on en trouve de superbes à 29 sous.

— Vingt-neuf sous ! allons donc ; j'en suis pour mes frais d'éclairage.

Puis ils coururent s'asseoir sur un banc, et le roi Soleil déploya au-dessus de leurs têtes l'immense dôme de cotonnade bleu céleste, qui formait un dais vraiment digne de Sa Majesté.

IX

— Je reprends ma question, fit le roi fier de sa conquête. Explique-moi pourquoi ces autruches diffèrent de celles que tu avais procurées à Fanfan.

— Sire, celles que vous voyez se coudoyer, se presser comme des fourmis, sont des autruches populaires à qui on a arraché les ailes, et qui, pour les nécessités de leur travail ont dû se couvrir d'une étoffe grossière. Celles-là il faut les plaindre, car elles ont une triste destinée.

— Mais pourquoi sont-elles blanches comme si elles sortaient de mon vieux moulin à farine ?

— Leur profession l'exige, Majesté. Elles émigrent tous les ans d'un pays inculte et barbare nommé Limousinago ; ce sont elles qui construisent les riches palais de la cité, n'ayant pour se loger elles-mêmes qu'une souspente au septième étage au-dessus des catacombes, des caves, d'un sous-sol, de la loge du concierge et de trois entre-sols.

— Certes, voilà des autruches haut perchées, exclama le roi qui commençait à avoir le mot pour rire.

— C'est aussi pour cette raison, Sire, que je dois vous avouer qu'elles sont très-communes, estimées d'un vil prix et d'un rapport insignifiant.

— Je comprends ; avec elles c'est la quantité qui remplace la qualité.

— Mais vous avez, Majesté, des notions très-exactes, qui feraient croire que vous connaissez Paris comme si vous vous étiez donné la peine d'y prendre naissance.

— Parole de Soleil, c'est la première fois... Mais, dis-moi, en voici deux qui ont la huppe en forme de girouette, elles sont drôlement coiffées celles-là.

— Oh ! Sire, découvrez-vous et parlez bas. C'est la police du pays.

— La police... et moi qui me reposais sur la Terre du soin de gouverner ses Etats... Par Béelzébuth, ce royaume n'est pas tranquille.

— Chez Lepage on vient de mettre en montre des fusils Chassepot.

— Comment! des pièces de mon arsenal!... Ah! Jupiter, tu fais de la contrebande.

— Sire, je vous jure...

— Révèle-moi le coupable, ou je te frappe en pleine poitrine d'une décharge de magnésium.

— Eh bien... c'est Mercure.

— Mercure... le traître, le lâche! mais il n'a donc pas assez de droguer la pharmacie, de falsifier les vins et de jeter à pleins seaux l'eau dans le lait des nourrices.

X

Le roi Soleil, tout attentif, comme un bon provincial, aux scènes étranges qui se passaient sous ses yeux, sentit bientôt sa colère se dissiper.

— Les mœurs des autruches m'intéressent, continua-t-il,... mais que veulent celles-ci qui portent des corbeilles sur leur dos... ce sont sans doute les approvisionneuses de Paris?

— Détrompez-vous, Sire, ce sont des chiffonnières... pauvres filles amenées-là par une chute de voiture, elles ramassent toutes les nuits les plumes qui ont servi à parer celles qui vont dans les fêtes et dans les plaisirs où elles ne peuvent plus aller.

— Je regrette beaucoup que ma vue ne me permette pas de les observer de plus près.

Jupiter aurait continué volontiers sur le même ton, mais la pluie ayant cessé, il se sentit pris de constrictions qui lui rappelèrent qu'il était encore loin de Péters. D'abord il n'osa s'en plaindre, par respect pour son souverain, mais il ne put comprimer plus longtemps sa douleur.

— Ah! Majesté, s'écria-t-il, pardonnez-moi. Depuis vingt-cinq minutes que nous sommes sur Terre, je sens que ce grand saut du tremplin m'a donné un appétit d'autruche; et, la main sur l'estomac, si vous le permettez, nous ferions bien d'aller casser une croûte.

— Jupiter, j'ai horreur, tu le sais des folles dépenses.

— Venez, Sire, je sais que vous ne jetez pas vos rayons à travers les persiennes; nous allons prendre le chemin d'une modeste crèmerie de ma connaissance, où l'on donne le petit pain, la tasse de café, trois morceaux de sucre et un carafon d'excellent cognac pour la bagatelle de vingt centimes!

— Quelque établissement borgne... ah! mon gaillard, tu vois bien que ce n'est pas la première fois que tu mets le pieds sur les bords de la Seine. Oseras-tu me dire maintenant : La Lune m'a raconté ceci; Mars m'a rapporté cela?... Tu es un fourbe, Jupiter, un menteur! je ne te crois plus.

— Ah! Sire, ne me privez pas de votre vue : j'ai un projet en tête, je vous en ferai part quand il sera temps, et s'il réussit, je vous jure que vous regarderez vous-même ce grand défaut comme ma plus éminente qualité.

Le roi Soleil commençait à s'attendrir, car au fond il n'était ni rancunier ni méchant, lorsque Fanfan apparut, courant à toutes jambes et dévorant à belles dents une flûte, c'est-à-dire un pain dix fois grand comme lui et taillé en forme de clarinette.

— Encore un que je devrais déshériter, fit le roi avec humeur, il a de l'esprit comme quatre et mange comme dix. Ce crapaud-là paraît se faire vite à la vie des autruches... Tiens, Jupiter, j'aurais sagement agi en le laissant plutôt vagabonder dans l'espace avec les gavroches de l'Empyrée.

— Non, Sire ; à Paris, il se montrera plus grand que le Géant prussien , plus grand que le Géant chinois, car il a du flair le petit, et saura faire valoir son *droit au vol*... mais voici que mes dents claquent, mes genoux fléchissent ; Majesté, courons à la crèmerie.

Et Fanfan, de sa main libre, se cramponnant au manteau de son père, les suivit sans perdre une bouchée.

Jupiter ne se reconnaissait plus guère dans Paris, tant cette ville avait subi de transformations , aussi fit-il prendre au roi le chemin des écoliers. Ils longeaient la rue Clovis, sentier étroit , montueux , pénible ; et pour dissiper la mauvaise humeur de Sa Majesté, il s'empressa de lui raconter les prouesses du vainqueur de Tolbiac, son mariage avec Clotilde, son baptême et la légende du *vase de Soissons*.

— Voilà, dit le roi émerveillé, une autruche qui méritait mieux que toi, Jupiter, une place à ma cour. Mais où as-tu si bien appris ce fragment de l'histoire franke.

— Dans un livre que j'ai oublié de rendre à la bibliothèque Sainte-Geneviève et dont la Lune tient encore le soixante-dix-huitième volume à votre disposition.

— La Lune !... où peut-elle être, cette écervelée ? Je ne la vois point paraître à l'horizon.

— N'en prenez point souci, Majesté, elle doit être à boire avec les étudiants ; nous la rencontrerons dans quelque caboulot du quartier où j'ai l'honneur de vous conduire.

Jupiter voulait par là prévenir la colère du roi, car il savait parfaitement que la Lune est trop amoureuse du demi et du quart de monde pour aller risquer ses phases dans un établissement de la rive gauche.

Ce n'était pas là qu'ils devaient la rencontrer.

Le roi Soleil suait sang et eau.

— Du courage, Majesté ! fit Jupiter en pressant à califourchon Fanfan sur ses épaules. Nous arrivons ; voyez ici , droit devant nous, le majestueux monument du *Panthéon*...

— *Nadar*, répliqua le roi, n'a jamais tant souffert !... je tourne à la compote de poires, mon ami, et cependant je ne voudrais pas que nous restions plantés là, comme deux oies, au milieu de ces autruches.

Il se laissa entraîner , à travers mille détours, jusqu'à une rue nommée Mazarino-Bull, où Jupiter avait reçu l'hospitalité, alors qu'il étudiait le planisphère céleste et la cosmographie universelle.

Le pauvre roi Soleil était harassé. Il s'appuyait sur la canne de son parapluie, comme un musulman qui rapporte de son pélerinage une atteinte de choléra bleu.

Ils entrèrent sans façon dans une petite boutique où se tenaient au comptoir deux ravissantes créatures, au frais minois, nu-taille, un ruban dans leurs cheveux bouclés *à la chien*.

— Donnez-moi, dit le roi en s'asseyant sur un tabouret qui tremblait déjà sous le poids de Sa Majesté, un rien... un simple litre de nectar, ou s'il n'en reste plus dans le tonneau, une portion d'ambroisie arrosée d'hydromel.

Les jeunes filles se regardèrent, se questionnèrent, firent de la pantomime et enfin, croyant avoir saisi la pensée du roi, lui avancèrent un canon sur le comptoir.

Celui-ci y porta ses lèvres et fit une horrible grimace.

— Goûte-moi ça, Jupiter, Mercure est venu ici falsifier les liqueurs. Diable, tu as oublié mon élixir de Malvoisie. Tu te conduis envers moi, mon ami, d'une façon désespérante !

Mais Jupiter n'écoutait pas, et tout en savourant la cuisse d'un lapin sauté, il demandait à la servante comment elle se portait depuis qu'il avait quitté les fourches Caudino-latines.

Le roi ne s'en aperçut pas ; il contemplait de toute la puissance de sa faible vue la jeune beauté qui restait et, dans son for intérieur, la plaçait fort au-dessus de celles qu'il avait vues sur la place Maubert, et qui ne lui avaient inspiré que du mépris, de la répugnance et du dédain. Aussi, plein d'admiration :

— Fais-toi servir, mon ami, dit-il à Jupiter, tout ce qui pourra te faire plaisir. Moi je vais causer un instant avec cette belle autruche.

A ce mot, la jeune fille stupéfiée, irritée, confondue, pirouetta sur le talon de sa bottine, prit la fuite et disparut... comme une ombre.

— Ah ! mais elle vole, celle-là ! s'écria le roi au comble de l'étonnement.

— Oui, répondit tranquillement Jupiter en vidant un petit verre de fine champagne; dans ce quartier-ci, toutes ces petites dames volent du mieux qu'elles peuvent.

— Toujours la profession ! fit le roi.

— Pardon, Majesté, c'est plus que du métier, c'est de l'art !...

..... Le roi s'ennuya bientôt, il voulut sortir, mais non sans payer la consommation de Jupiter. Il chercha dans la poche de son gilet et fut tout surpris d'y rencontrer un petit lingot d'or à son effigie qui s'y était fourvoyé.

— Tenez, dit-il à un homme qui vint prendre la place des jeunes filles, avec cet or, vous avez de quoi faire bâtir une superbe volière pour vos deux charmantes autruches !

C'en était trop. Déjà la porte était envahie par une foule de curieux qui faisaient sur leur compte les plus étranges divagations.

Jupiter donna le signal et ils s'enfuirent à toutes jambes, Fanfan toujours accroché au pourpoint du roi, jetant de hauts cris et faisant tous ses efforts pour conserver intact un bocal de prunes à l'eau-de-vie qu'il avait oublié de faire figurer sur la carte.

XII

Quand ils eurent quitté la rue Mazarino-Bull, ils abordèrent une autre place, plus élégante que tout ce qu'avait vu le roi ; c'était à proximité d'une colonne sculptée, en forme de palmier, et ornée de sphinx qui attendaient qu'on vînt les interroger.

— A droite, Feerico-Chatelico campo des mollets ; à gauche, Miolan-Lyrico-Carvalho.

Ici encore, la foule devenait nombreuse, compacte ; la foule grossissait toujours.

— Je n'y tiens plus ! s'écria le roi furieux. Je suis en nage, ces autruches nous harcèlent et sont plus désagréables que les moustiques de quinze coudées que nous avons là-haut.

Et dans sa colère, il écarta son manteau.

La multitude éblouie courut se *mettre à l'ombre*.

Fanfan jouait avec délices dans un bassin rempli de petits poissons rouges.

— Ah çà, fit le roi, qu'y a-t-il en nous de si extraordinaire qu'on nous suive comme si nous arrivions par le train de Brives-la-Gaillarde ?

— Comment osez-vous le demander, Majesté ? Voyez un peu comme me voilà fait ; ce voyage à toute vapeur m'a tué, lacéré, déshabillé, j'ai l'air de sortir de Sainte-Pélagie.

Le roi, touché de compassion, sortit un cornet de sa poche.

— Tiens, mon ami, je suis libéral, je veux payer tes frais de déplacement. Accepte quelques pastilles de chocolat Marquis, il te fera bonne bouche et t'inspirera des idées princières. Je vois avec satisfaction que tu connais les places, les boulevards, les becs de gaz, les maçons, les caboulots et les chiffonniers. Tout cela pourra nous servir un jour.

— Sans doute, Majesté, mais je ne puis pas aller dans le monde, fagoté de la sorte !

— Tu as raison, il te faut absolument un costume, une livrée qui te signale à l'attention publique, et puis, sur ce côté du fleuve, je crois remarquer que les autruches ont plus de relief, plus de coquetterie. Cela doit tenir au commerce : aussi mon ami, nous ferons bien de nous installer dans ces parages. Mais où pourrais-je te procurer un uniforme à bon marché ?

— Autrefois, Majesté, je m'habillais *A l'œil*; mais voyez tout-là-bas, cette haute maison c'est la *Belle Jardinière*, qui *n'est pas* encore *déplacée*.

Aussitôt le roi ouvrit son manteau et plongea ses rayons dans les vitrines du magasin.

Les commis fascinés, brûlés, torrifiés, tombèrent à la renverse.

— Fais ton choix mon ami ! cria le roi dans tout l'éclat de sa majesté.

Jupiter courut prendre ce qui lui tomba sous la main. C'était un salmis de rossignols, un costume complet, puis une cravate blanche, une canne, quelques faux-cols à la Colin et un petit-paletot de velours pour les soirées auxquelles il serait invité.

Quand il revint, fier de son nouveau costume, le roi eut peine à le reconnaître ; jamais il ne l'avait vu si proprement vêtu.

— J'espère, lui dit-il, que tu n'as plus besoin de rien, car te voici habillé comme si tu allais faire ta première communion. Tu es plus beau qu'un astre !

Jupiter gardait le silence. La vanité venait de s'emparer de lui et ces dernières paroles du roi lui révélaient un luxe auquel il était loin de s'attendre... une toilette n'est rien sans bijoux.

— Sire, répondit-il d'une façon très-adroite, il serait bien temps de songer à améliorer votre vue : il existe à Paris des personnages qui s'en chargeront volontiers.

— Comment, fit le roi, au comble de la surprise, on fabriquerait ici des besicles pareilles à celles de mon aïeul ?

— Celles de votre grand-père, Majesté, ne sont que de la Saint-Jean, on connaît dans cette cité le crown-glass, pur comme le diamant, joyeux comme les rayons qui vous servent de diadème.

— Marchons ! fit le roi. Il n'est pas juste que le Soleil voie moins clair que la plus simple des autruches.

Jupiter appela Fanfan, le prit par la main,

et mena le roi dans la direction du Palais-Royal.

XIII

Ils abordèrent un magasin qui avait pour enseigne un soleil d'or, armé de tous ses rayons.

Le roi tira Jupiter par son habit.

— Vois donc !

— C'est le fournisseur du roi de Siam, l'homme le plus presbyte de la terre. Entrons, Majesté.

— Charmante autruche, dit le roi à une jeune fille qui venait pour les servir, je désirerais une paire de besicles.

« Bien certainement, se dit-elle, s'il me donne encore un nom d'oiseau , il sera bientôt dehors ce vilain pierrot-là. »

— Ce qu'il y a de plus fin , de plus exact, de plus mathématique, observa Jupiter qui voulut aussi se donner de l'importance.

— Voyez, monsieur, faites votre choix, dit la jeune fille en désignant au roi une une vitrine qu'elle venait d'ouvrir.

Le roi essuya un pince-nez et aussitôt poussa une exclamation digne du Caveau des aveugles.

— Vous distinguez mieux , n'est-ce pas demanda la demoiselle.

— Si je vois ! si je distingue ! oh mais

c'est éblouissant, c'est vertigineux. Je puis parfaitement compter toutes les autruches qui sont dans le jardin.

— Ah ça ! il est fou votre vieux bonhomme ? fit la demoiselle en questionnant Jupiter.

— Ne l'irritez pas, répondit celui-ci ; d'un revers de main, il pourrait vous réduire en cendres.

A ces mots, la jeune fille ne put s'empêcher de leur rire au nez, les prenant tous deux pour des pensionnaires de Charenton, une charmante oasis où l'on rafraîchit les cerveaux malades.

Qui eût pensé, en effet, que le Soleil fût jamais contraint à venir parmi nous prendre des leçons d'optique ? Et cependant le roi s'écria bientôt, en sentant couler les larmes de ses yeux fatigués d'une lucidité si fantastique, si miroitante, si pyramidale :

— A ces besicles je préférerais une excellente paire de lunettes ; ne pourriez-vous pas m'en procurer d'aussi puissantes que celles que portait Cavour ?

La jeune fille sourit d'une prétention aussi ridicule et lui présenta les plus riches qu'elle avait en magasin.

Le roi les enfourcha sur son nez, les ôta, les reprit, les considéra attentivement.

— Les branches sont bien, dit-il, de l'or le plus pur ; mais ne pourrais-je pas, en y mettant le prix, avoir des verres dont le cristal fut aussi d'or ?

Le plus riche financier de Paris aurait eu seul le droit de parler de la sorte. Aussi lui fut-il répondu d'une façon narquoise et toute parisienne :

— Vous voulez rire, monsieur ?

Mais le roi, craignant de se tromper dans la détermination précise de son champ visuel :

— Tu m'as dit, je crois, Jupiter, qu'il me faut des verres convexes ?

— Non, Sire, vous êtes myope !

— Voyons, je te semble bien optus !...
Ne m'as-tu pas répété cent fois que j'étais
un myope convexe ?

— Concaves, Sire, il vous les faut concaves !

Et le roi se décida pour les branches les
plus épaisses, non sans en avoir examiné
un grand nombre, afin d'en trouver dont
le cristal fût aussi d'or massif.

Le quart d'heure de Rabelais était sonné,
Jupiter lui fit signe.

Le roi, semblable à un touriste anglais,
ne dit pas un mot, et arracha stoïquement
tous les boutons de métal d'un vieux pet-
en-l'air dont il se trouvait très-heureux de
s'être trouvé nanti au moment de son départ.

On pesa, on poinçonna, c'était de l'or
sans alliage, de l'or comme il n'en sort
jamais de l'hôtel de la Monnaie.

A peine dehors :

Elle est adorable cette petite autruche
blonde ! fit le roi enchanté de sentir ses
vieilles rétines monter sur des échasses.

— Si nous y retournions ? hasarda Jupiter.

— Aurais-tu besoin de quelque chose ?
Ne te gêne pas, ma vieille ! J'ai encore des
boutons à ma culotte.

— Ah ! Sire, une chaîne longue fixerait
joliment l'attention sur mon paletot de
velours !.. une montre dans mon gousset
me rappellerait l'heure du devoir, et...

— Sais-tu que tu deviens régence depuis
que nous avons quitté mon palais ?

— Sire, ce n'est pas pour moi.

— Pour qui donc alors ?...

— C'est pour le public.

Le roi, pour cette belle marque de désintéressement, lui fit cadeau d'une montre
dont le diamètre égalait celui d'un oignon
d'Egypte et, séance tenante, lui passa au

cou la chaîne qui devait lui assurer des
jours pleins d'une douce félicité...

Jupiter en pleurait de tendresse.

L'heure approchait où les habitués vien-
nent régler leur montre au canon, qui fait
la joie des enfants et la tranquillité des
parents. Selon la coutume, ils se tenaient
rangés le long de la grille qui sert de haie
naturelle au gazon artificiel de la Diane
chasseresse ; — ils avaient encore quinze
minutes à attendre, et, les braves petits
bourgeois, ils attendaient patiemment que
le Soleil vint, de sa royale main, mettre
lui-même le feu aux poudres. — Assurément ils ne savaient pas que Sa Majesté était
descendue faire elle-même ses emplettes.

Cependant le roi s'avançait dans leur
direction.

— Viens régler ta montre, dit-il à Jupiter. L'heure de mon palais est toujours la
plus sûre.

Et il s'approchait du canon fatal.

— Compte, ajouta-t-il, les plis de mon
manteau. Attention !

Et mettant ainsi sa poitrine à découvert,
un faisceau de rayons fit aussitôt éclater le
mortier, heureusement inoffensif, qui jeta
l'épouvante, la consternation et l'effroi
parmi l'assistance troublée dans ses calculs,
surtout lorsque Jupiter s'écria :

— Il est midi !

— Comme nos illustres voyageurs sortaient du Palais-Royal :

— Je crois que tu me permettras maintenant de faire la sieste, dit le roi ; ton
luxe, Jupiter, sois-en bien certain, ne m'em-
pêchera pas de dormir.

— C'est vrai, Sire, je ne puis assez me
contempler moi-même, bridé d'or, dans ces
vêtements luxueux et cossus. Si nous
allions faire tirer mon portrait ?

— Misérable, fit le roi, et moi qui n'ai

jamais voulu ouvrir ma grande muraille à l'appareil de Daguerre !

— Sire, si je vous le demande, ce n'est pas pour moi...

— Oui, je sais la ritournelle : avec toi le public a les épaules solides.

Et le roi eut encore la faiblesse de se laisser entraîner jusqu'à la place Cadet. Ses lunettes d'or lui firent oublier la sieste.

XIV

Fort heureusement il y avait là , dans une vaste salle ornée de draperies, de portraits d'archevêques et de danseuses de l'Opéra, un homme très-brun, d'une très-petite taille , la poitrine protégée par un gigantesque jabot et les bras armés d'une immense paire de manchettes. Le roi dit tout bas à l'oreille de Jupiter que cette autruche était fort de son goût et qu'il lui semblait l'avoir vue quelque part. Et afin de mieux examiner les traits de sa physionomie :

— Il fait sombre ici, dit-il, je m'en vais vous donner de la lumière. Et comme il faisait mine d'ouvrir son manteau :

— Gardez-vous en bien, observa le petit personnage, nous n'avons pas besoin d'une plus grande clarté. Moi, *j'opère sans soleil!*...

— Imprudente autruche, tu m'outrages! s'écria le roi.

Et il allait le rayer subitement du livret des photographes, lorsque Jupiter, qui tenait à ses cartes de visite, lui arrêta le bras.

Au même instant, le petit homme noir cria; d'une voix stridente, le mot sacramentel :

N' BOUGEONS PLUS !...

— Par ma gloire ! exclama le roi, en arrachant le cliché des mains de l'opéra-

teur : c'est bien toi mon Jupiter, voilà bien ta chaîne d'or, ton sourire stéréotypé et tes cheveux hérissés en paratonnerre !... Ingénieuse autruche, comme on ne sait pas ce qui peut arriver, tandis que vous êtes en fonctions, tirez-en deux cent mille exemplaires.

Jupiter, piqué de modestie, voulut s'en défendre.

— Ce n'est pas pour toi, mon ami.

— Pour qui donc?

— Pour ton bien-aimé public.

Et le petit personnage, fou de joie à cette commande vraiment digne d'une majesté royale, froissa ses manchettes et brisa son appareil, surtout lorsque le roi lui eut dit : Tu auras l'an prochain le monopole à l'Exposition universelle.

Quand ils furent sur le boulevard :

— Tu connais cette habile autruche, dit le roi à Jupiter , je suis sûr qu'elle t'a livrée plus d'un portrait décolleté que tu rougirais de me montrer.

— Sire, j'ai vu son nom affiché le long des murs, et sa tête plus chevelue qu'une comète. Voilà mon seul crime.

— Tu l'appelles?

— Pierre Petit !

— *Pierre Petit!... Oppert lui-même,* en

vérité ne fait pas si bien mes portraits à la gouache !... Retourne lui dire de garder les clichés.

XV

Toute médaille a son revers. Le roi en sacrifiant à ses folles dépenses le lingot d'or oublié dans son gilet, et quelques boutons attachés à ses nippes, avait fait preuve d'inexpérience. A Paris, tout se paye...

Chacun sait ça.

On est vu, choyé, fêté, caressé, aimé, à la condition de fournir en espèces sonnantes le prix de ce qu'on reçoit.

Le poétique roi Soleil avait trop compté sur son omnipotence, nombre d'affaires se traitent sans qu'il vienne darder ses rayons indiscrets.

Jupiter, qui avait conçu une plus juste idée des us et coutumes de la Terre, s'aperçut de cette candeur de conscrit.

— Sire, lui dit-il, voici la nuit : ce n'est plus l'heure des malfaiteurs, car les rues sont bien gardées, mais c'est le moment où l'honnête bourgeois rentre chez lui, et nous n'avons pas encore songé à nous préparer une litière digne de nous.

— Je suis tout disposé, répondit le roi Soleil, à me tenir caché derrière le premier monument venu.

— Songez, Majesté, à votre catarrhe intestinal et aux suites fâcheuses qui pourrait en résulter pour l'univers !

— Tu as raison, mon ami, conduis-moi... Tu as raison, je commence à sentir mes paupières qui s'appesantissent.

Fanfan dormait depuis longtemps, ces courses l'avait exténué. Jupiter le prit dans ses bras et ne tarda pas à apercevoir à la hauteur des ponts, dans une rue sombre et étroite, comme celle de la Huchette, un écriteau qui lui fit accélérer la marche.

Le roi assura ses lunettes, et à sa grande satisfaction, lut en gothique magistrale cette enseigne de cabaret :

Au Veau qui Tette

DONNE A BOIRE ET A MANGER
LOGE A LA NUIT
VEND DE L'AVOINE AU SAC.

— Voilà notre affaire, s'écria-t-il radieux. Entrons ; qui sait ? Peut-être trouverons-nous là quelqu'un de notre connaissance.

XVI

On les installa dans une pauvre chambre dégarnie de tout ameublement.

Le roi, morne, triste et abattu, ôta son manteau et aussitôt illumina ce bouge, faiblement éclairé d'ailleurs par une lanterne d'écurie. En simple mortel, il couronna son chef royal et divin d'un foulard jaune, et prit place sur une chaise dépaillée, en face de Jupiter assis lui-même sur une vieille malle laissée par un voyageur insolvable.

— On nous héberge sur parole, dit le roi Soleil, et pour cette nuit seulement. Prends bien garde, Jupiter, de me demander quoi que ce soit, car il nous serait impossible, pour le moment, de nous payer le moindre journal à bon marché qui pût adoucir la rigueur de notre situation.

— Sire, n'élevez pas ainsi la voix, les

murailles pourraient nous entendre. Ne parlons pas de la presse avant que tout le monde ne soit endormi. Les feuilles quotidiennes sont à Babylone beaucoup trop cher, le *Journal pour tous* coûte deux sous, c'est le meilleur marché, et malgré son titre tous ne peuvent se le procurer. Nous en sommes une preuve éclatante.

— Ah çà, Jupiter, voudrais-tu donc que les autruches lisent à un sou ?

— Pourquoi non, Majesté !... C'est une idée fixe chez moi et je la crois excellente.

— Ecoutez : si nous voulons éviter l'hôpital, le bureau de bienfaisance et la morgue dans un pays où les concierges font apprendre le piano à leurs filles, nous n'avons que deux chances à courir : l'industrie ou le commerce.

— Industriel ! Y penses-tu, s'écria le roi ; moi la lumière suprême, moi qui fertilise et vivifie les mondes ; ai-je appris un état, moi qui possède dans mon palais de quoi acheter à cent mille francs le mètre des millions de terre comme ce petit royaume ; moi le banquier de l'univers, qui vois toutes les semaines les astres trembler à mes pieds, et venir humblement me demander le prix de leurs services, moi qui ai mis à la retraite des milliers d'étoiles et qui sers chaque trimestre des pensions à des météores aveugles ; y songes-tu, Jupiter !!!... Le commerce me répugnerait moins : agioteur de ma nature, j'aime, les deux mains dans mes poches, avoir un but en tête, le poursuivre, le contrarier ; me voir traqué, bafoué, stigmatisé, et à coup de verges d'or fustiger mes ennemis et les réduire au silence. J'abhorre la misère, tu le sais, je ne puis manger à la gargote, l'opulence est une nécessité pour moi : et si je séjourne quelque temps ici-bas, il me faut le luxe d'un grand seigneur, je veux y parvenir et j'y parviendrai... Si jusqu'ici j'ai passé mes jours à me contempler moi-même, je ne veux pas me ravaler au rôle de mercenaire, tandis que tant de stupides autruches ont un huit-ressorts, vivent de leurs rentes et vont à la campagne. A moi le bois, le théâtre, les plus belles autruches, le cirque et l'hippodrome. Je suis tout or..., il me faut un palais, des lustres, des lambris, des fêtes ; en un mot, je ne suis pas le roi Soleil pour me voir réduit à courir manger du cheval à la barrière Fontainebleau... Oui, je veux trafiquer, vendre, revendre, échanger, exploiter, piloter ; mais invente-moi un commerce, que je m'abaisserai à entreprendre, puisque nous avons fait la sottise de partir si précipitamment.

— Sire, répondit le gouverneur, vous m'inspirez d'un trait de lumière, je veux enfin vous révéler l'idée de mon fameux projet.

— Quelle est-elle ?

— Oh ! une idée excellente, féconde dans le principe et riche dans les résultats. Exploiter en grand la nature intelligente, le pivot sur lequel s'agitent les nations : l'instruction populaire !

— Tu voudrais donc me voir faire le commerce des autruches ? mais c'est impossible, elles sont trop intelligentes, puisque les moins douées ont assez de pénétration pour bâtir des palais.

— Raison de plus, Majesté : elles ne sont pas farouches : avec ce peuple-là, il s'agit de donner beaucoup et à bon marché. Quant à la qualité... elles en auront pour leur argent.

— Mais, outre des capitaux que je saurais me procurer, objecta le roi, ce projet demande encore une prudente administration, une tête qui sache compter, et un pilote habile pour diriger la barque.

Jupiter ne s'arrêta pas devant cette sérieuse considération.

— Je ne puis que vous le répéter, continua-t-il ; faisons le commerce des autruches, elles viendront à nous, elles ont une valeur intrinsèque qui n'est pas à dédaigner. Celles qui nous ont amenés jusqu'ici, Majesté, ne possédaient qu'un léger duvet, agréable à l'œil et leur espèce ne s'apprivoise que très-difficilement dans les régions tempérées ; celles-ci, au contraire, cachent dans leurs poches de petites plumes rondes, luisantes, éblouissantes comme votre auguste personne... de l'or, et cet or nous l'aurons, en frappant sur la multitude par un coup d'éclat.

— Crois-tu donc qu'on puisse les plumer sans qu'elles le sentent ?

— Il y a chez elles, Majesté, un fonds d'orgueil que je ne puis vous dépeindre, chacune vit dans un égoïsme étroit et brûle d'acquérir des connaissances qui lui assurent la supériorité. Aujourd'hui les journaux parlent à leur faible intelligence, le papier-langage leur donne entrée partout quand il est bien compris.

— Où veux-tu en venir ? Les autruches populaires ne doivent pas avoir beaucoup à dépenser de cette monnaie dont tu me parles ?

— Sans doute, mais ne nous apporteraient-elles assidûment chaque jour que le misérable sou de la veuve et de l'orphelin, ce denier, répété deux cent mille fois, constituerait une rente qui n'aurait rien de désagréable... Mon portrait servirait de prospectus.

— Alors tu voudrais les plumer à vif ?

— Pourquoi non ?

— Ne vaudrait-il pas mieux les intéresser à la manière d'améliorer leur condition et nous contenter de notre propre gloire... N'ai-je pas toujours lui pour tout le monde ?

— Ah ! Majesté, si vous avez de si nobles sentiments, il n'y a plus de commerce possible ; ici-bas, chaque autruche se couche comme elle a su faire son nid, et si le plus grand nombre ne dort pas sous l'édredon, c'est qu'elles ne sont pas encore suffisamment cuirassées.

— Que faire alors pour en tirer profit ? demanda le roi avec une curiosité mêlée d'un intérêt sordide.

— Il existe au royaume d'outre-Manche un mode de publicité que, si vous voulez me laisser faire, nous surpasserons de cent coudées ; près de nous, l'homme-affiche d'Albion ne sera bientôt plus qu'un pygmée... Soit dit entre ces quatre murs, Son Altesse votre fils ne peut que nous causer de l'embarras. Travestissons-le un instant en édition quotidienne. Je sais que je parle à un père et que c'est renouveler le sacrifice d'Abraham ; mais, Sire, devant la nécessité il faut faire feu de tout bois.

Ce dernier mot avait vaincu le dernier scrupule du roi.

— Fais comme tu le veux, mon ami ; désormais tu auras un fils, Fanfan aura deux pères.

Et, perdu de sommeil, il lui tendit la main et lui souhaita bonne nuit.

Dès qu'il vit que Morphée tenait le roi sous son charme, Jupiter prit Fanfan, lui mit un bâillon pour l'empêcher de crier et, sans pitié, lui colla sur les flancs de larges bandes de papier sur lesquelles il griffonna quelques lignes de sa lourde écriture, puis il le tourna de face, de trois quarts, et voyant la triste mine qu'il faisait sous ces maculatures et dans ces habits de papier grossier :

— Ah, s'écria-t-il, avec un sanglot dans la voix, dire que c'est là le fils de mon roi !

Il allait se repentir, mais se jetant à genoux devant cette nouvelle idole : mon Dieu, fit-il, pardonnez-moi : c'est pour le public.

Et il courut prendre place auprès du roi qui était loin de se douter de la transformation qui venait de s'accomplir.

XVII

La nuit se passa comme dans le meilleur des mondes, et à part quelques exclamations du roi qui réclamait son insecticide Vicat, rien ne vint compromettre la surprise que Jupiter réservait à son souverain.

Au petit lever, le roi demanda à son gouverneur des nouvelles de sa santé.

Pour toute réponse, celui-ci lui fit voir le chef-d'œuvre qu'il avait produit.

Le roi Soleil n'osait en croire ses lunettes, il lisait sur le dos de Fanfan comme dans un parchemin de famille.

— Fanfan, lui criait-il, mon fils chéri, est-ce bien toi ?

Et Son Altesse, frappée de mutisme, ne répondait plus à la voix de son père.

— Tous les jours, dit Jupiter, on lui changera ses vêtements, et la foule ébahie pourra y lire :

TOUT CE QUI SE PASSE,

TOUT CE QUI SE DIT,

TOUT CE QUI SE FAIT,

TOUT CE DONT IL S'AGIT.

Quand sa toilette sera trop vieille, on la rapsodera, et l'on passera le tout au blanchissage de la famille.

— Jupiter, exclama le roi, tu es épouvantable de sagacité ; mais qui osera jamais se charger d'une telle besogne ?

— Ne suis-je plus, Majesté, votre très-humble et très-obéissant serviteur ?

— Comme tu vas trimer, pauvre ami !... ah çà, dis-moi, as-tu besoin de quelque chose ?

— Ah, Sire, hier, pour la première fois de ma vie, je me suis couché sans fumer une pipe. Empruntez encore vingt centimes. Le ciel vous bénira !

Le roi eut crédit et lui rapporta deux décimes.

Soudain, Fanfan s'agita d'un puissant mouvement convulsif, toute son intelligence s'était subitement changée en vitesse et en célérité.

Le roi lui mit les quatre sous dans la main, et aussitôt, comme si son nouveau costume lui eût donné des ailes, il courut dans la direction d'un bureau de tabac. Mais la foule s'ameutait sur son passage, on avait appris par le logeur tout ce qui s'était passé dans la nuit, et l'on tournait Fanfan, on le retournait, on le bousculait, on se l'arrachait des mains, on lisait avec frénésie les nouvelles qu'il portait écrites sur la poitrine et sur le dos, et on l'accablait de caresses et de baisers, après avoir dévotement jeté un sou dans la tirelire que Jupiter avait eu soin de lui attacher au cou pour finir de le déguiser.

Fanfan ne revint que dans l'après-midi,

lacéré, meurtri, défiguré et versant des larmes.

En présence de cet éclatant succès, le roi brisa la tirelire, paya la nuit de l'hospitalité, acheta deux verres et une demi-bouteille de champagne et, sur les bras de Jupiter pour parrain, baptisa Fanfan du nom de Petit Journal, nom qui, plein de gloire, ira dit-on, jusqu'à la dernière postérité.

XVIII

Mais voici que le lendemain la foule, impatiente, encombrait la nouvelle demeure que le roi s'était choisie sur un des grands boulevards de Paris. C'était là, prétendait-on, que devait apparaître, tous les soirs, dans son costume renouvelé, rafraîchi, le vrai, le seul, l'unique *Petit Journal*.

Et pour faire part aux absens de la céleste nourriture, on vit bientôt partir, à fond de train, des chevaux poudreux, surchargés d'énormes grelots, traînant une malle-poste de louage, conduite par un postillon d'emprunt.

Où allaient-ils?... Mystère!

Et en les voyant passer on ne doutait plus de la véracité du chiffre de 258,350 lecteurs, et l'on était fier d'être un des adorateurs de Fanfan Petit Journal.

Le roi pensait en mourir de rire.

— Elles prennent goût à la chose, dit-il à Jupiter en s'accompagnant de la plus folle gaieté qu'une Majesté pût se permettre. Que leur donnes-tu donc pour les affriander de la sorte?

— Ah! Sire, cette vogue m'amuse plus que vous. Un salmis de canards et de tartines dont je ne pouvais me défaire, accommodé avec de vieilles nouvelles que j'invente tous les matins, cela fait une pâture succulente...

— Que ces autruches avalent comme pain bénit. Dis-moi, mon ami, ne te gêne pas, as-tu besoin?

— Ce n'est pas de refus, Majesté... Pour distraire mes abonnés, je me suis permis hier d'aller voir sans vous le *Fils de la nuit*, et quand je suis sorti une ondée malfaisante...

— Je comprends, fit le roi.

Et il courut à l'extrémité de sa chambre, d'où il revint bientôt tenant à la main un objet long comme un télescope et soigneusement enveloppé dans un étui doré.

— Tiens, mon ami, lui dit-il, prends ce parapluie qui a garanti nos premiers mauvais jours sur la terre, pends-le à ton chevet et quand, plus tard, tu seras mollement assis sur un divan, souviens-toi de la place Maubert, contemple-le et dis-toi : Il nous protégea tous les deux !

Et pour lui donner une marque de son amour pour les principes égalitaires, le roi sauta au cou de son gouverneur, l'embrassa d'une folle étreinte, et l'appela *Timothée*, c'est-à-dire qui craint la majesté du Soleil, nom auquel il voulut bien ajouter celui de *Trimm*, à cause de la sérieuse et délicate mission de Jupiter d'habiller tous les jours Fanfan *Petit Journal*.

Ce qui, pour un roi myope, ne manquait pas d'une certaine clairvoyance.

XIX

Cependant l'anniversaire du baptême de Petit *Journal* était arrivé. On remplit quatre millions de corbeilles de cartes de visite adressées au magasin central du boulevard; de toutes les voies de la cité on recevait, par centaines des bourriches d'huitres, des escargots, des homards et des fruits secs. Des personnages, qu'on n'avait jamais vus, venaient réciter des psalmodies et donner des sérénades, en souhaitant au roi Soleil des rallonges à sa table et *pour l'enfant* des bandelettes toujours propres, chastes, immaculées, des bégayements joyeux, des susurrements, des sifflements; et l'on apportait des joujoux à bébé.

Jamais le roi n'avait été à pareille fête ; il avait envie de rendre à Fanfan sa liberté, son gros rire, ses gambades et ses folletés et de l'*envoyer promener* un instant ; mais Jupiter, qui n'avait pas les entrailles paternelles, le gardait à vue comme son unique gagne-pain.

Pour attirer l'attention du public, il l'avait orné ce jour-là de guirlandes de fleurs, avec des drapeaux dans les oreilles, un lampion dans chaque main ; et ainsi pavoisé et illuminé, il le fit promener le soir jusqu'au-delà des fortifications.

Le postillon était fraîchement décoré et la voiture enluminée d'anges et de petits amours.

Ce qui était surtout agréable au roi, c'était d'apprendre que les plus vieilles autruches, les plus enracinées dans les préjugés de la routine et de la superstition, recevaient *Petit Journal* dans leurs bras, le portaient à leurs lèvres, le serraient contre leur cœur et lui fouillaient dans le dos pour savourer les délicieuses beurrades qu'il leur offrait en échange de leur modeste obole.

Ah ! que son silence était éloquent et énergique, et comme on se le passait de main en main avec mille attentions charmantes pour ne pas le froisser !

Et cependant il ne restait déjà plus de Son Altesse que les organes intérieurs, le cœur battait toujours, mais comprimé, haletant ; à l'extérieur c'était un platras déchiqueté sur lequel, tous les jours, Jupiter venait essuyer ses doigts pleins d'encre ; mais les habitants de la métropole n'en venaient pas moins, écarquillant les yeux, et s'émerveillaient de ne rien comprendre à cette ingénieuse machine dont un seul homme paraissait tenir toutes les ficelles.

Quand Petit Journal eut bien parcouru la ville, on le ramena au magasin pour dormir d'un bon somme jusqu'au lendemain, sur un lit de paperasses et de lambeaux taillés à coups de ciseaux, dans l'opulente robe de la confraternité.

Mais le roi ne voulut pas s'en tenir là.

Quand Jupiter, le cou garni de sa cravate rouge, armé de sa chaîne à quadruple tour et de sa montre logée dans le vaste gousset de son gilet de flanelle, — vint le soir lui présenter ses hommages :

— Connais-tu, lui dit le roi, un endroit où nous puissions faire une fine alliance avec nos confrères du grand format et les amis du théâtre et du boulevard ?

Jupiter pensa aussitôt que l'équipée des astres engagés dans la petite presse ne pouvait être cachée plus longtemps.

— Sire, se contenta-t-il de répondre, j'ai à prévenir Sa Majesté que je viens de rencontrer canne à la main, cigare aux lèvres, Mars et Mercure qui seraient ravis de venir vous baiser les pieds.

— Mercure et Mars ! s'écria le roi en faisant mine d'ouvrir son manteau ; ah ça, décidément, il n'y aura bientôt plus un seul pain à cacheter attaché à la voûtecéleste !

XX

A la vue de cette sainte et juste colère, Jupiter se mit à trembler pour son propre compte ; mais quand il vit que le roi ramenait sur l'épaule les pans de son manteau :

— Sire, hasarda-t-il, ne vous étonnez pas si, en ce jour trois fois solennel, tous les astres descendent des cieux pour célébrer votre présence à Paris. Tous ceux que j'ai rencontrés déjà m'ont assuré de leur zèle à vous faire escorte partout où il vous plaira de les appeler.

— Où sont tes autres confrères, demanda le roi désarmé par ces paroles insidieuses ; je te donne ma parole que, pour cette fois, je ne les précipiterai pas dans l'immensité du vide. Tu ne vois donc pas que je ne me fâche que pour la forme, car au fond je suis enchanté de les rencontrer tous ici.

— Plus nous serons d'astres, plus le festin sera pétillant de verve et de gaieté, continua Jupiter.

— Où nous attendent ces brillantes planètes ?

— Chez Péters, Majesté.

— Péters!... fit le roi. Une autruche dans le genre de ta rue Mazarine ; ah ! mon ami, tiens-toi pour dit que je ne donne plus dans cette vie de misère et de souffrance... pour moi, deux jours de bohême à jeun et dans un réduit infect et malsain, je trouve que c'est déjà trop de péchés de vieillesse. Je me ressens encore des boursouflures qui m'ont endommagé l'épiderme.

— Sire, vous serez ravi. On ne trouve pas chez Péters le genre de parasites populaires que vous paraissez redouter.

— Ah ! gredin, continua le roi, tu connais tout cela, toi..., tu me promets que nous y rencontrerons de fines et spirituelles autruchettes... je tiens beaucoup aussi à ce que les autruchons brillent par leur bsence. Tu vois, moi, je n'amène pas Fanfan ; les enfants, ça dérange dans un fin souper, on ne peut faire un pas sans que... mais qu'est-ce que je te dis là, tu n'as jamais eu la surprise de te réveiller père de famille.

— De ce côté, vous n'aurez rien à craindre et, bien certainement, ce ne serait pas un jour comme celui-là que j'irais, moi vieux garçon, sous prétexte de nous ébaudir, vous trimballer dans une salle d'asile.

— Eh bien, partons, fit le roi convaincu... ah, dis-moi, tu n'as besoin de rien, Jupiter? Tu sais, ma vieille, ne te gêne pas avec moi, c'est sans cérémonie.

— Majesté, puisque nous partageons désormais les honneurs de la paternité, je voudrais bien pouvoir payer chez Péters, mon écot comme les autres, car vous savez qu'aujourd'hui mes frais de bouche ne s'élèvent pas à moins de cent francs par jour.

— C'est vrai, ton défaut est d'être un gourmet raffiné et très-délicat... Enfin, viens, je paierai la note ; par Béelzébuth, nous ne nous voyons pas si souvent sur la terre, pour que j'ose, comme à une noce de charpentiers, vous proposer un pique-nique général.

— Appelons une voiture ! exclama Jupiter, qui avait aussi la faiblesse d'être le meilleur abonné de l'administration des fiacres.

— J'ai donné des ordres, répondit le roi en rougissant. Le léger véhicule qui porte les armes de ma maison doit être en bas qui nous attend... Je te confie les rênes, sois mon automédon.

Jupiter courut s'armer d'un fouet, se couvrit la tête d'un chapeau de toile cirée galonné d'or, et revint dans ce riche costume de cocher :

— Sire, s'écria-t-il, vous êtes attelé !

XXI

Mars et Mercure, qui attendaient chez Péters, virent arriver de loin le panier à salade qui contenait Sa Majesté habilement conduite par Jupiter ; ils s'avancèrent, Mars le premier, et sans vergogne lui tendirent poliment la main.

Le roi les considéra un instant, étonné de tant de hardiesse et se laissa conduire à un salon du premier étage où il fut ébloui par les glaces, le parquet ciré, les fines chemises des garçons de salle et surtout par les toilettes tapageuses de quelques jeunes autruches qui paraissaient attendre des nouvelles de leur oncle d'Amérique.

Aussitôt il sentit s'éteindre en lui le feu de la colère et s'écria :

Oh ! merci Jupiter ; en général j'ai peu de propension pour ce sexe faible et délicat ; mais ce sont bien là les plus belles autruches que la terre ait portées !

Et le roi faisait preuve de bon goût, car c'étaient de ravissantes étoiles parisiennes fraîchement débarquées de Fère-en-Tardenois. Mais celles qui lui plaisaient davantage étaient deux grandes blondes, deux Alsaciennes des Batignolles, à la chevelure bouclée et roulée en touffes épaisses sur le sommet de la tête, deux comètes chevelues comme on n'en voit que tous les cent ans.

On allait se mettre à table, lorsqu'une de ces dames frivoles et capricieuses fit son apparition, à grande froufrous de soie et de volants de dentelle. A la vue de Sa Majesté, cette dernière venue se sentit rayonner d'un vif éclat, si bien qu'elle tamisait la trop grande clarté de la salle et lui donnait une teinte de sombre-obscur qui rendit le roi très-expansif.

Celui-ci frotta à tour de main le cristal de ses lunettes à branches d'or et les plaça solennellement sur son nez royal ; mais il ne pouvait distinguer les traits de cette nouvelle divinité, car, à tort ou à raison elle avait eu la précaution de se masquer. Cependant elle avait à ses côtés une compagne jeune et belle, qui lui parfumait les cheveux et faisait brûler dans des cassolettes d'or de la myrrhe et de l'encens.

Ces vapeurs éthérées rappelèrent au roi les parfums de son palais. Il se perdait en conjectures : quelle était cette noble inconnue ! Mars et Mercure n'avaient point paru à l'assemblée du jour de son départ de l'Empyrée ; la Lune et Vénus manquaient également à l'appel. « Ce doit être une surprise, » pensa le roi dans sa sagesse incorruptible.

— Vénus, est-ce toi, ma fille ? demanda-t-il à celle qui répandait à profusion les essences célestes. Ne crains rien, je sais que tu es une sensitive ; ta jeunesse et ta beauté te perdent parce que tu es aussi ingénue qu'imprudente ; si tu prends le chemin du quartier Bréda par tes manières un peu risquées, ce ne peut être que sous la conduite de la Lune qui ne me joue plus que de mauvais tours : d'où je conclus que ta compagne ne peut-être que l'humble satellite de la Terre sous cette splendide parure d'autruche qu'elle aura achetée à tempérament à quelque marchande à la toilette du passage des Deux-Sœurs.

— *La Lune* ! ah, par exemple, ce serait trop fort ! s'écria Jupiter, qui, par un coup à la Frédéric Lemaître voulait lui faciliter une entrée. La Lune..., mais, Majesté, vous voyez bien que cette autruche - là n'est qu'une cocotte !

— Une cocotte !... Cocodès toi-même, Jupiter d'occasion, colleur de papier, barbouilleur, gribouilleur d'affiches !... Va donc conter à d'autres le *Petit Chaperon rouge*, *Peau d'âne*, et la *Belle au Bois dormant* ! A Chaillot le loustic, on te connaît, mon cher !... oui, je suis la Lune, fit celle-ci en levant son masque ; allons, tire tes guêtres et salue-moi !

XXII

Tel était le langage de la Lune, le roi n'eut pas de peine à la reconnaître.

— Toi ici, gueuse, friponne, pendarde ! exclama-t-il en se laissant tomber dans les bras de Jupiter.

— Sire, j'ai à vous montrer de belles images, riposta la Lune, comme pour se faire pardonner son escapade.

— Ah ! tu fais, toi aussi, le commerce de la librairie ?

— Pourquoi la bousculer de la sorte, interjeta Vénus ; une de plus, une de moins, le public n'y verra rien et cela ne pèsera pas davantage dans les balances de la justice.

— Oui, Majesté, reprit la Lune, ne redoudez pas la concurrence ; ne suis-je pas un reflet de votre grandeur ? Je ne suis que le rayonnement de votre éblouissante et royale personne et si je me plais à ridiculiser vos faits et gestes, ce n'est que pour vous faire adorer des multitudes. Nous ne pouvons aller l'un sans l'autre, il faut rigoureusement que je vous suive, et si je suis arrivée première à Paris, c'est que la distance que j'avais à parcourir était moins longue : voilà

tout. J'ai cru, du reste, remplir mes devoirs de très-humble vassale envers Votre Majesté en la prévenant de quelques jours.

Mais la Lune mentait, comme cela lui arrive fort souvent. Le roi toutefois prit ce fallacieux langage pour de la sincérité.

— Tu es une autruche aussi sémillante que tapageuse, lui dit-il avec bonhomie. Approche, je veux t'embrasser !

Et le roi déposa ses lunettes sur la table, releva son manteau et lui tendit les bras.

Alors, — en dépit des lois mathématiques et universellement reconnues, — il y eut une éclipse extraordinaire de la Lune, le Soleil seul resplendissait dans la salle, et les astres témoins de cette cordiale intimité croyaient toucher à leur dernière heure et demandaient grâce de tant de gloire. Le garçon qui servait restait cloué à la muraille.

Enfin la Lune se dégagea petit à petit de l'étreinte du roi ; elle était plus vive, plus accorte, plus étincelante de verve et de gaîté.

Après cette apothéose, sur la proposition de Jupiter, on porta les toasts les plus chaleureux au roi Soleil, à la Lune et à tous les astres descendus sur la terre pour y faire de la collaboration.

Jupiter, en véritable amphitryon, vidait coupe sur coupe, si bien que le roi, commençant à craindre pour sa raison, prit une carafe frappée et lui en versa un plein verre. Celui-ci, croyant y voir du champagne, le porta à ses lèvres et bientôt fit une horrible grimace.

— Majesté, s'écria-t-il furieux, c'est vous qui avez mis l'eau dans mon vin !

— Millaud ?... je te jure, mon ami, que je n'ai pas l'honneur de connaître cette autruche-là.

Et le roi était un fieffé menteur. Ce nom était celui qu'il avait choisi pour sa nouvelle raison commerciale. Aussi se hâta-t-il bien vite de détourner d'un tel sujet l'attention de Mars et de Mercure, qui demandaient déjà à Jupiter son fameux secret d'habiller Fanfan tous les jours avec des vêtements qui lui coûtaient si peu.

— En ta qualité de voisine de la Terre, dit le roi en se tournant vers la Lune, tu dois avoir appris quelques gaudrioles. Voyons, j'ai entendu parler d'une certaine romance où tu joues un grand rôle. Chante nous la ritournelle des amoureux : *Au clair de la Lune...*

— Sire, répondit la Lune avec embarras, on voit bien que vous avez continuellement une chaufferette sous les pieds et que vous quittez rarement votre palais. Ce que vous me demandez est un refrain composé par les vieux ménestrels pour bercer mon enfance, mais depuis j'ai vécu, j'ai vu le monde...

Et la Lune, d'une voix mâle et sonore, beugla la *Nourrice sur lieux*, la *Femme à barbe* et l'immortel *Sapeur* de la diva de l'Alcazar. Le roi, entraîné malgré lui, faisait l'accompagnement en frappant à coups redoublés sur son verre avec les branches d'or de ses lunettes.

— Où diable a-t-elle pris cette désopilante épopée, exclama-t-il, heureux de sentir circuler dans ses veines le sang brûlant de sa première jeunesse. Si je n'étais le roi Soleil...

— Vous seriez Jupiter, vous l'avez déjà dit, s'écria le gouverneur jaloux de son éminente prérogative sur les autres astres.

— Mon ami, fit le roi pour le dédommager de cette offense involontaire, afin de laisser aux potentats mes sujets un souvenir de cette assemblée confraternelle, et aussi un peu pour payer les frais du souper, tu vas m'habiller de papier comme Fanfan. Que veux-tu ? c'est un caprice de roi,

une pure fantaisie, une expérience que je veux tenter sur l'esprit du public. Mars et Saturne se feront un plaisir de te prêter main-forte, Mercure écrira les annonces, toi tu rédigeras les réclames, et Vénus les scènes de boudoir... Allons, à l'œuvre, mes enfants ; il faut que j'apparaisse ce soir, je veux étonner les Parisiens.

Et ce fut bientôt fait : deux coups de plume, un coup de pinceau, dix mille coups de ciseaux, firent les frais de la toilette du roi ; et l'on parcourut ainsi le boulevard des Italiens, on salua trois fois le pavillon du boulevard Montmartre, la résidence chère au roi, où Fanfan dormait du tranquille sommeil de l'enfance ; mais les promeneurs se signaient et s'éloignaient frappés de stupeur à la vue de ce Soleil terne, jaune, maigre, pantelant, étriqué sous ce nouveau costume, sa charpente osseuse offrant des saillies monstrueuses et laissant voir les espaces nombreux qu'il avait fallu replâtrer.

Force fut à la bande joyeuse de rentrer au plus vite chez Péters. Mais en foulant le seuil de la porte, Mercure et Saturne chuchotaient entre eux :

— Maintenant que nous connaissons l'*Art d'accommoder les restes*, nous essayerons de faire fortune en nous travestissant nous-mêmes et, sans nous donner des gants, nous saurons mieux allécher la clientèle que ne vient de le faire ce vieil empoté.

Mars relevait fièrement les crocs de sa moustache et se demandait s'il suivrait le drapeau du roi ou celui de la coalition.

XXIII

La Lune commençait à ne pas s'amuser du tout. Aussi s'écria-t-elle en frappant familièrement sur l'épaule du roi :

— Je te mène à Mabille, ce soir, mon bichon, tu y feras l'admiration des naïfs étrangers arrivés par les trains de plaisir de Saint-Brieuc et de Pont-à-Mousson.

— Y a-t-il au moins de belles...

— Des femmes ?

— Pas cela, fit le roi plus embarrassé qu'un touriste anglais qui a perdu son indicateur.

— Dites donc autruches, princesse, allégua Jupiter.

— Autruche toi-même, imbécile, magot d'étagère, sujet de pot à tabac.

Et la Lune lui piqua la pointe de son soulier dans le nez. Ce qui amusa beaucoup Sa Majesté.

— Par ma gloire, elle est charmante ! fit le roi en frottant ses lunettes sur la serviette du garçon.

— Elle m'exaspère depuis longtemps, grogna Jupiter.

— En dégoise-t-elle ! elle s'est joliment dégrossie, cette petite pimbêche.

— Elle a du chic, mais ce n'est pas de l'esprit.

— Aurais-tu besoin, mon ami ? fit le roi ; tu sais ne te gêne pas, sur la terre comme sur la terre, entre nous c'est à la fortune du pot.

— Sire, reprit Jupiter encouragé par ces consolantes paroles, je voulais vous dire que les autruches populaires sont sous les fenêtres, elle voudraient entendre un concert et m'envoient en députation pour réclamer les bribes échappées de votre table... Vous voyez que ce n'est pas pour moi que j'implore Votre Majesté.

— C'est bien à toi, mon ami ; cours au plus vite habiller Fanfan, fais-le danser devant ce bon peuple, arme-toi de ta guitare par la même occasion et joue à ces pauvres autruches les vieux refrains de ton répertoire.

Jupiter se mordit les lèvres ; il se repentait intérieurement de son désintéressement forcé, et tout en prenant le chemin de son atelier de collage et de cisaillerie :

— Allez, courez, folâtrez, astres superbes, grommelait-il ; moi je vais trimer quelques heures arrachées à mes plaisirs... Ah ! pourquoi avoir conseillé ce voyage ? rien ne me manquait là-haut, je roulais tranquillement ma bosse, m'arrêtant aux étapes quand le ciel était d'azur... Aujourd'hui je dois faire danser une stupide marionnette pour amuser le peuple le plus spirituel de l'univers !

XXIV

— Mes enfants, fit le roi quand il vit que Jupiter avait disparu, j'accepte la proposition de la Lune et je m'offre de grand cœur à vous payer l'omnibus.

— L'omnibus ! s'écria la Lune en riant aux éclats, en voilà un pignouf de roi qui n'a pas les moyens de nous transférer en remise.

— Ah çà ! que réclame-t-elle donc celle-là ? elle n'est jamais contente ; demanda Mercure, qui, pour ses courses d'apothicaire avait obtenu une commission sur toutes les impériales de l'administration.

— Celle-là ! reprit la Lune, est-ce que je ne te vaux pas ? commis voyageur en bois de Campêche, chevalier d'industrie, marchand de potichomanie.

— Ah ! mes enfants, s'écria le roi en se bouchant les oreilles, je préfère ne pas aller à Mabille. Tout ce que je vois ici m'afflige énormément : vous vous traitez comme des autruches chiffonnières, le royaume de la Terre est en pleine licence, et c'est à une telle école de libertinage que toi, Lune, tu viens prendre tes leçons d'argot et ce langage de la décadence ; tu ris de tout, ma fille.

— Sire, répondit la Lune en pâlissant, venez, je vous en prie, sans vous je ferais triste figure.

Et sur un signe d'adhésion du roi qui lui offrit son bras :

— Allons, s'écria-t-elle, à Mabille ! J'ai les vingt-huit sous du fiacre, je vais monter près du cocher ; suivez-moi, les enfants, je vous sers de fanal !

XXV

La Lune se trouvait à Mabille en plein pays de connaissance. Elle fit son entrée en riant aux larmes et en poussant des cris sauvages. Elle se glissa dans un groupe et dansa la gavotte, pour la plus vive satisfaction des lorgnettes braquées sur elle.

— Toujours jeune, faisait le roi qui la contemplait avec admiration, toujours verte et gaillarde ! Quelle grâce à relever sa jupe jusqu'à la ceinture ! mais elle est Bréda pur, cette enfant-là.

Mars, en sa qualité de héros, s'escrimait à tenir sa jambe au port d'armes.

Vénus levait la sienne beaucoup plus haut que l'épaule.

Et, à la vue de ce tour de force, le roi se mourait de plaisir. Il pouvait lire sur le vif une nouvelle édition des *Mémoires de Rigolboche*, dont la réputation incontestée était arrivée jusqu'à lui.

Mercure, à son tour, ne crut pas mieux faire que d'exhiber ses ailes de pigeon.

Saturne voulut danser la sylphide.

— Par tous mes rayons ! s'écria le roi, je n'y puis résister, je me risque, mes enfants ; oyez et voyez tous.

Et il exécuta un pas de zéphyr qui provoqua chez la municipalité un mouvement convulsif. Le crin des casques guerriers se hérissa soudain. A l'aspect de ces placides soudards préposés à la garde du maintien et de la décence chorégraphiques, le roi se pâmait de rire. Il savait qu'ils ne pouvaient rien contre lui, et comme ceux-ci persistaient à vouloir les mettre à la porte, il les faisait avancer ou reculer selon qu'il levait ou abaissait son manteau, prestige de sa gloire céleste.

Et la sarabande continuait avec un entrain, une furie désordonnés. Les trombones et les ophicléïdes palpitaient eux-mêmes dans les mains instrumentistes qui avaient peine à les retenir.

Strauss et Arban étaient allés se blottir derrière ce décor de théâtre qui figure à s'y méprendre une allée de peupliers verts.

Le roi Soleil n'avait jamais, de mémoire d'astre, assisté à pareille fête de nuit.

C'est au moment de ce branle-bas général qu'arriva Jupiter, les souliers poudreux, son pantalon à la hussarde couvert de boue et lui-même essoufflé, ruisselant la sueur par tous les pores.

— Ah! enfin te voilà, mon ami, dit le roi en lui tendant la main; tu as bien fait de venir, tu vas rire et pirouetter avec nous, l'Olympe est au grand complet!

— Majesté, répondit Jupiter de sa plus belle voix de fausset, si je viens, croyez bien que ce n'est pas pour moi. Le compte-rendu de demain...

— Ah ça, voyons, conviens-en, Jupiter: ce n'est pas pour le public que tu as franchi le seul de l'infranchissable Mabille!...

Le grand succès de la soirée fut pour la séduisante Vénus, dont la Lune éclairait sournoisement la toilette vaporeuse; et le roi voulut bien ne pas s'en montrer jaloux.

On se souviendra éternellement, aux Champs-Elysées, de ce festival nocturne; de leur côté, les astres ne l'oublieront pas, car au grand scandale de leurs concierges, on dit que ces messieurs ne rentrèrent pas dans leurs foyers avant quatre heures du matin.

XXVI

Ainsi, le roi Soleil avait ses oriflammes, ses lampions, ses caisses, ses cymbales, ses guitares, sa cour, ses flatteurs, ses esclaves et son splendide palais avec vue sur le boulevard. Il ne quittait guère sa résidence que pour rendre visite à son associé Jupiter, encore ces visites devenaient-elles de plus en plus rares; en souverain qui connaît sa dignité, son arrivée était annoncée par d'immenses affiches, à grand renfort de trompes et de cornets à bouquin, au son de la grosse caisse et du chapeau chinois.

Depuis longtemps il paraît ne plus se ressentir des premières fatigues de son voyage. Il était devenu frais, pourvu d'embonpoint; sa figure ornée de lèvres lippeuses et pleines de luxure, ses yeux enfoncés dans ses éternelles lunettes d'or avaient fait de lui une rare personnalité. Millaud-Soleil nageait dans le flot des illustrations contemporaines.

Quand parfois l'insolente médiocrité ou le talent timide s'adressait à lui, de sa royale main il écrivait à un confrère:

« Le porteur est une jeune autruche qui ne demande qu'à marcher dans le désert de la publicité; au besoin elle saurait digérer du fer, prenez soin de vos intérêts et protégez-la. »

Mais le grand souci du roi était de recommander sans cesse à Jupiter:

— Souviens-toi toutes les secondes de ta vie que hors du boulevard Montmartre il n'y a point de salut. Je sais par expérience que tu es de force à faire un article de mille lignes sur une batterie de cuisine, je t'ai vu faire ce tour pour la Bonne Ménagère et tant d'autres dont je t'ai laissé les pourboires; mais fais bien attention qu'à l'odorat subtil des autruches cela n'ait une arrière-odeur de réclame; dis, par exemple, que tu as vu, que c'est un des principaux épisodes de ta vie, qu'un jour que tu te promenais par un beau soleil de mai, par un hasard providentiel... oh, surtout, je te recommande la *Providence* ; puis, donne-nous des descriptions hyperboliques ; tu excelles dans le genre cadavre, réprime ton élan de ce côté, ne prononce jamais le mot *morgue* : hôpital c'est différent, cela amène tout naturellement la sublime sœur de charité et son frère l'infirmier du régiment ; jette à profusion des sensitives à l'eau de rose, abstiens-toi du savon de l'Etoile, du piment et de la mélasse ; et par abus du contraire, les myosotis, fleurs d'amour, oh! les myosotis, malgré ton vif attachement pour les autruches du corps de ballet, redoute-les comme la peste !

Quant à Fanfan Petit Journal, à force de lui coller pendant quatre ans du papier sur le corps, il était passé à l'état de squelette sous l'effroyable manteau qui lui servait de linceul, il se momifiait chaque jour de plus en plus et n'avait que le souffle d'un moribond, mais toujours ce cri guttural, strident: Des autruches, des autruches !

Jupiter se sentait depuis longtemps l'âme bourrelée de remords, jamais, en remontant le cours des siècles, un astre quelconque n'avait osé entreprendre semblable mission : il tenait à la fois lieu à Fanfan de berceuse, de nourrice et d'ensevelisseuse. Aussi le soir, avant de s'endormir, quand, à la lumière rougeâtre d'une vieille lampe Carcel, il se trouvait en face de ce mannequin dont il lui fallait renouveler les langes tous les matins, suant à grosses gouttes, comme en proie à un horrible cauchemar, il s'arrachait les cheveux, se roulait par terre et s'écriait avec des sanglots dans la voix :

— Punissez-moi, dieux infernaux : voilà ce que j'ai fait du fils de mon roi !

Et Fanfan Petit Journal, ahuri, hébété,

muet, stupide, le regardait de ses yeux atones, un sourire de niaiserie sur les lèvres.

Et Jupiter, après avoir dormi à peine quelques heures d'un sommeil agité, devait, nouveau Juif errant, courir avant l'aurore disputer aux brocanteurs les vieux morceaux d'affiches et de prospectus, et sans trêve ni repos il jetait à tous les diables rocamboliques la malheureuse idée de ce voyage et les stupides autruches qui l'avaient provoqué.

Bref, il ne s'était taillé lui-même cette besogne que pour partager la fortune du roi Soleil, mais le monarque pensait différemment. Celui-ci lui avait donné une chaîne pour lui rappeler celle du forçat, et, pour l'aider à la porter, avait exigé qu'elle eût été cent fois trempée dans l'or. — Le tour était bien joué.

Jupiter ne voyait plus que le suicide comme la suprême ressource à tant de maux, mais il s'arrêta, devant cette idée, généreuse pour l'humanité, qu'il faudrait, le même jour, faire à l'administration des pompes funèbres une commande de 258,351 cercueils.

XXVII

Cependant, s'il faut être véridique, Jupiter eut un moment de gloire et de félicité. Le jour de Saint-Timothée, Fanfan Petit Journal, habillé pour la circonstance et chargé de 258,351 bouquets et d'autant de papillottes, vint lui réciter un compliment qu'il roulait dans sa tête depuis plus de quatre ans.

Le roi voulut lui présenter lui-même son fils dans cet apparat de luxe inaccoutumé :

— Voici, lui dit-il, le cadeau de fête des autruches nos abonnées.

Jupiter, les larmes aux yeux, fou de bonheur, ouvrit ses bras, et serrant contre son cœur Petit Journal et ses bouquets, il s'écria sur un ton prophétique :

— O fils de mon roi, quel avenir ! Votre père tient l'univers dans le creux de sa main, vous, vous êtes déjà le roi de la petite presse !

— Eh, mon ami, répondit le roi sous forme de concession oratoire, n'es-tu pas un peu de la famille ?

Jupiter garda le silence, il avait appris à ses dépens que le roi Soleil n'a pas son égal.

— Sire, fit-il aussitôt, comme pour dissimuler une pensée secrète, Son Altesse Petit Journal s'étiole, il lui serait très-hygiénique de prendre un petit air de campagne.

— Je t'accorde cette faveur, dit le roi, et de plus, puisque cette journée t'est entièrement consacrée, je ne veux pas te quitter un seul instant, c'est-à-dire qu'il n'y aura pas un nuage au ciel pendant vingt-quatre heures.

Jupiter allait se prosterner et l'adorer, lorsque le roi lui faisant observer qu'il était le héros du jour :

— Où as-tu l'intention de nous mener ? demanda-t-il.

— A Asnières, répondit Jupiter, nous y boirons du petit bleu et je vous ferai sauter une matelote que vous trouverez délicieuse.

— Ainsi soit-il ! je tiendrai la queue de la poêle.

XXVIII

Sur les ondes peu transparentes de la Seine, à la hauteur du pont des Invalides, se balançait, à ce moment, une barque vénitienne le *Monaco*, ornée d'une voilure de madapolam et conduite par deux jeunes et beaux gondoliers du carrefour de la Croix-Rouge.

Le roi Soleil les aveugla d'un rayon, leur fit perdre l'équilibre, et comme la pirogue touchait terre, il sauta dedans et en quelques secondes se rendit maître de l'équipage.

Les navigateurs voulurent aussitôt mettre bas l'aviron, mais, d'un revers de main le roi les força à se jeter à la nage, après s'être dépouillés de leurs vêtements.

Quelques heures après, le roi et Jupiter, habillés en canotiers, ayant doublé l'île des Ravageurs, voguaient paisiblement vers le port d'Asnières.

C'eût été un ravissant sujet de pendule !

La Seine moutonnait autour du *Monaco*, le Soleil mirait sa face étincelante et empourprée dans des flots d'azur, Jupiter, comme un vieux loup de mer, tenait le gouvernail, et, penché sur la nacelle, Fanfan Petit Journal songeait pensif et rêveur.

— Si nous accordions à notre fils deux heures de récréation ? demanda Jupiter au roi.

— Qu'il soit fait selon ton désir, mon ami, répondit le monarque.

Et aussitôt Fanfan Petit Journal poussa un long soupir et sentit tout à coup sa langue se délier dans son palais.

— A quoi penses-tu, mon enfant ? lui demanda son père.

Papa, répondit Fanfan, je m'ennuie beaucoup, oh ! mais beaucoup. Je voudrais revoir mes autruches de là haut !

Le roi échangea avec Jupiter un regard d'intelligence.

— Tu en as deux cent mille et plus qui t'aiment, qui t'adorent, fit le roi Soleil, je te les ai données pour le seul plaisir de t'en amuser.

— Ah ! répondit Fanfan, les deux miennes n'étaient pas si bêtes, elles ne restaient pas, bouche béante, à voir si j'avais quelque chose écrit dans le dos.

A peine achevait-il ces mots, que le sillage laissa apercevoir un joyeux palmipède qui, suivi de sa compagne, s'escrimait à dépasser l'embarcation.

— Altesse ! cria Jupiter qui voulait se montrer agréable au roi, je vais vous attraper ces deux autruches.

— Oh ! oui, répondit malicieusement Petit Journal, elle est mauvaise celle-là, vous voudriez me la faire à l'oseille ; de çà j'en vois tous les jours au boulevard Montmartre... c'est des canards... sauvages !

A ces mots, le roi Soleil s'assombrit et la colère contracta ses traits. Jupiter lâcha le gouvernail, courut à Fanfan Petit Journal se jeta sur lui et le réduisit à son état normal de momie idiote, sourde, muette, stupide et ridicule.

On fit plus : pour sa pénitence, on le relégua à Asnières, dans le coin d'un cabaret, et, à son nez le roi et Jupiter, en fins dégustateurs, absorbèrent sans désemparer quatre litres de petit bleu ; et le soir encore ils se léchaient les doigts trempés dans la sauce matelotte.

XXIX

— Cette délicieuse promenade est le plus beau jour de ma vie, disait le roi à Jupiter en prenant le *train d'onze heures* qui devait les ramener à Paris. A part cette incartade de Fanfan...

— Sire, interrompit Jupiter, pendant que vous ronfliez sur la table entre deux bouteilles, j'ai composé, pour ma chronique de demain, un *Conte à dormir debout*. Les autruches seront contentes ; j'y parle de notre festin d'une façon chaste et patriarcale, et j'appuie principalement sur les deux superbes volatiles que je fais, à la façon de Hugo, barboter voluptueusement dans une mare infecte.

— Je te reconnais bien là, spirituel écrivain ! fit le roi en lui offrant un coin du wagon ; je ne serai pas ingrat envers toi, et puisque tu m'as rendu si douces les quelques heures que nous avons passées sur le *Monaco*, je veux dès maintenant t'en récompenser généreusement.

Jupiter pensant que l'instant d'améliorer son sort était arrivé :

— Ah ! Sire, fit-il avec un soupir qu'on prit pour le bruit strident du sifflet de la locomotive, vous n'avez pas idée de mon travail. J'ai été obligé depuis longtemps de me donner un co-adjuteur, bien que je signe tous les Courriers du *Petit Journal* comme si j'étais seul à les élaborer. Malgré cette aide, habile et dévouée, pour habiller Fanfan, je ne trouve plus, Majesté, que des sousquenilles, des oripeaux que je vais marchander tous les matins aux fripiers du Temple. Mon secrétaire et moi nous avons épuisé tous les arsenaux de vieille ferraille, de quincaillerie, de bimbloterie, tous les hochets des bazars de Paris. Il nous faut maintenant, pour lui donner un vêtement tant soit peu présentable et décent, commettre des bassesses, faire des tours plus prestigieux que ceux de Robin, nous décapiter comme Loramus, nous assouplir plus audacieusement que Blondin au plateau de Gravelle, car il vit encore Petit Journal notre fils, il vivra éternellement ce petit vaurien, ce petit espiègle... Il est des jours, surtout, quand je mets par hasard la main à la plume, tout l'univers se l'arrache, vocifère, trépigne, pour le voir ; en sorte qu'il faut lui donner le fouet pour le forcer à paraître. Cette besogne-là, Sire, n'était pas cependant dans notre programme! D'un autre côté, vos autruches sont aujourd'hui grasses, repues, elles se montrent difficiles à digérer ce qu'elles engloutissaient autrefois avec voracité ; elles deviennent insolentes et ne respectent même pas les gardes préposés à l'administration de vos bureaux, aussi ai-je dû, par respect pour ma propre conservation, apprendre successivement l'épée, la boxe, le chausson, la savate et le bâton. Devant ces foules envahissantes, je me prends à regretter de n'être pas resté dans ma planète, où le dernier de mes vassaux suit tranquillement son petit bonhomme de chemin, plante ses choux, ses navets, mesure ses poireaux au centimètre et trouve à sa dernière heure une fidèle compagne pour lui fermer les yeux : Ah ! Majesté, où est donc le jour où tous les deux, serrés l'un contre l'autre sous le même parapluie...

— Ne me rappelle pas ce temps-là, je t'en conjure ! s'écria le roi attendri jusqu'aux larmes. Je vois que tu as besoin ; aussi j'aime mieux, pour ne pas blesser davantage ta modestie, te donner des appointements fixes et qui répondent à ta triple fonction de berceuse, habilleuse, dorloteuse de Fanfan Petit Journal. A partir d'aujourd'hui, mon caissier te comptera mille francs par mois. Es-tu content ?

— Ah ! Sire, vous m'avez habitué au luxe, à la bonne chère et aux voitures ; le goût m'est passé du gloria à quinze centimes panaché de son aigrelet petit verre et de ses quatre morceaux de cassonnade ; c'est bien peu gagner pour faire tant d'ouvrage, car j'aime aussi, moi, la vie au bord de l'Océan, où l'on aspire à pleins poumons le chlorure de sodium et la senteur des fucus et des algues marines.

— C'est vrai, pauvre ami, il te faudrait la nuit un peu de divertissement ; un cercle, une maison de jeu, que sais-je ?

— Majesté, les nuits me paraissent si longues et si ennuyeuses ; c'est juste le seul moment où je ne puis vous contempler ! ·

— Flatteur ! fit le roi en lui tendant la main.

Ils étaient à Paris. Le roi leva le store du wagon et aperçut un homme qui les attendait à la gare.

C'était celui qui chaque jour aidait Jupiter dans son travail d'anachorète...

Profondeur, mystère !

XXX

Jupiter avait eu raison de se plaindre au roi dans les termes que nous venons de rapporter. Tandis que celui-ci fondait en sous-œuvre des ouvrages stratégiques qui, comme des forts avancés devaient prévenir la concurrence de Saturne et de Mercure, la population mugissait impatiente, autour du palais qu'elle envahissait de ses flots tumultueux. Sans trève ni repos, Jupiter en tomba malade.

Alors il arriva ce qui ne s'était jamais vu dans les âges qui ont précédé l'apparition de l'homme sur le globe terrestre.

Au milieu des courants d'air de l'atelier où il changeait toutes les minutes de gilet de flanelle, Jupiter avait gagné un rhumatisme articulaire !

La foule consternée ne connut plus d'obstacles ; les distances étaient franchies en un clin d'œil, les employés du télégraphe fléchissaient sous le poids des dépêches. Les riches envoyaient leurs laquais prendre de ses nouvelles, les moins heureux venaient eux-mêmes, en habits de fête lui tâter le pouls et lui faire prendre des gorgées de camomille. Le Mans envoyait ses poulardes, le Périgord ses truffes, Bordeaux ses vins, Reims ses biscuits, Verdun ses anis, Marseille sa bouillabesse, la Normandie son cidre, Moulins ses petits couteaux, Mayence ses jambons (sans trichines), la Bourgogne son résiné, Nanterre ses gâteaux, Strasbourg sa choucroute, Laon ses artichauts, Tours ses pruneaux, Melun ses anguilles, Falaise ses lanternes, la Brie, Roquefort, le Cantal, Marolles, Olivet, Gruyères, Mont-Dore leurs succulents fromages, le Gâtinais son miel, Dijon sa moutarde, Soissons... rien ! Soissons, ô honte ! cette ville seule, qui fit toujours preuve de sagesse, refusa opiniâtrement un échantillon de ses haricots.

Et les lecteurs assidus de Fanfan s'émerveillaient d'apprendre que Jupiter, malgré la rigidité de ses membres, par un excès de zèle pour le public, se relevait sur son séant et au bruit de ses os qui craquaient aux articulations et de ses muscles qui se gonflaient sous la violence de l'effort, habillait Fanfan Petit Journal même sur son lit de souffrance !

C'est que ces deux cent soixante mille deux cent cinquante abonnés ne savaient pas que si dans le domaine de l'imagination on avait permis à un vicomte, jeune et brillant chevalier, de créer des hommes à trois mains, Jupiter plus malin avait voulu en posséder quatre, dont deux cédaient à la maladie et les deux autres taillaient la besogne.

A son tour, le roi était devenu triste et soucieux. Il comprenait l'immensité du dommage que pourrait lui causer la mort de Jupiter, non pas qu'il tînt absolument à la personne de son gouverneur, car il s'était déjà présenté plus de deux cent soixante mille deux cent cinquante paladins, musqués, parfumés, qui ambitionnaient sa place; mais il se demandait qui, sous son pseudonyme, saurait comme lui arrêter l'alinéa au beau milieu de la phrase et suspendre l'intérêt en dépit de Chapsal et de Lhomond. Aussi son premier soin fut de l'envoyer quérir dans une chaise à porteurs. Sur trois étages de matelas de plumes de grue, de pie et de cacatoès, on transféra l'illustre malade au palais du roi Soleil.

Jupiter se sentant l'objet des attentions royales, ne désirait plus que voir sa bienheureuse maladie se prolonger indéfiniment, car il avait emporté avec lui ses deux mains paresseuses, et, chose inouïe dans l'histoire du rhumatisme articulaire, son féroce appétit lui était resté.

XXXI

Quand le roi vint faire sa visite à Jupiter, il y avait autour de son lit quatre cents médecins de la faculté qui se consultaient sur la cause de la maladie, et comme c'est l'ordinaire, ils différaient tous d'opinion. Un cent de ces Diafoirus voyait dans la figure enflammée du malade un accès de fièvre scarlatine ; un cent, les prodromes d'une hydropisie ; un cent des écarts de régime; un cent l'incubation d'une maladie sans précédent ; et, plus réservé que ses confrères, ce dernier cent allait prescrire une diète de deux cent soixante mille deux cent cinquante heures, lorsque le roi, qui redoutait l'aggravation du mal, agita toutes les sonnettes du palais.

Les cinquante mille garde-malades de Paris avaient été appelées et se présentérent par rang de taille munies chacune de leur instrument.

Et le roi, anxieux, inquiet, troublé, la tête perdue, commandait à tort et à travers.

— Servez à l'excellent bon tout ce qu'il demandera : Ouvrez le feu par un lait de poule, prenez mon sablier et lui faites cuire un œuf à la coque ; faites infuser du tilleul ; servez-lui des douches et des rafraîchissants.

A ces mots, Jupiter ouvrit les yeux et regrettant de ne pouvoir lui tendre la main :

— Ah ! Sire, s'écria-t-il, je suis confondu ; vieux célibataire, sans vous j'aurais dû prendre comme le bohème Murger le chemin de la maison Dubois. Vous m'évitez des frais d'hôpital, soyez béni, vous êtes grand comme les cinq parties du monde.

Le roi tira son foulard, et essuyant méthodiquement les verres de ses lunettes à branches d'or :

— Eh ! pauvre ami, lui dit-il, je ne fais que mon devoir en empêchant la Mort de venir te prendre. Je suis à ton service, demande-moi tout ce qui te passera par la tête.

— Sire, ce n'est ni un caprice éphémère, ni une toquade de vingt-quatre heures. Répétez-moi d'abord que nous sommes bien descendus ensemble de l'Empyrée et que de par les lois de l'association je suis votre égal dans l'exploitation des autruches.

Le roi lui jeta un regard sinistre et, après un quart d'heure de réflexion qui parut à Jupiter plus long que l'éternité :

— Enfin, que désires-tu ?

— Une chose qui peut soudain me faire marcher haut comme sur des échasses. Donnez-moi la clé de votre caisse.

Le roi n'avait pas songé à ce nouveau trait de finesse.

— Mon ami, répondit-il avec hésitation, je te dirai que c'est la seule que je possède.

— Vous pouvez en commander une à mon usage ; vous ne me direz pas à moi que les serruriers sont en grève.

— C'est que vois-tu... je m'en vais te dire...

— Ah ! écoutez, Majesté, je vous respecte, mais je ne vous crains pas. Faites ce que j'exige, ou je dépose mon bilan à l'instant même, si vous faites mine de tergiverser.

— Jupiter, mon ami, mon frère... la gloire...

— Oh ! des mots, des phrases, j'en ai assez, il est temps d'être diplomate ; je suis chroniqueur fantaisiste, c'est vrai, mais avec vous il faut jouer carte sur table. Roi Pétaud de la Pétardière, donne-moi ta clé, ou je te dévore avec mes dents, les seules défenses qui me restent.

— Mon ami, depuis ce matin la serrure est embrouillée.

— Je vous le répète, point de subterfuge, Majesté, ou sinon, j'ai l'honneur de vous prévenir que je brise l'association et que je divulgue tous les secrets de la cuisine.

Le roi fouilla dans ses poches et en tira une petite clé d'or qu'il lui mit dans la main, en s'enfuyant à toutes jambes.

Il n'était pas dans ses appartements que Jupiter, mû comme par un ressort, levait les bras vers le ciel, fier, radieux, triomphant ; quittait son lit, à la grande surprise de tous ceux qui veillaient à sa conservation et prenait le chemin du boulevard Montmartre, où se trouve la caisse du roi, c'est-à-dire des richesses fabuleuses acquises au moyen du Petit Journal, défendues par des murailles de diamant de cent pieds d'épaisseur et des blindages d'or et d'onyx contre lesquels les plus forts canons prussiens seraient forcés d'avouer leur impuissance.

XXXII

En ce moment, le premier caissier dormait sur son grand livre. Jupiter armé de sa clé, le réveilla, en criant d'un ton vainqueur :

— Allons, place à moi, mécréant, laisse-moi me vautrer dans ces trésors, fouiller dans ces papiers et m'engloutir sous les monceaux d'or qui sont accumulés par devers toi depuis quatre ans.

Le caissier avait reçu le mot d'ordre.

— Je saurai mourir, dit-il, mais je ne me rendrai pas à votre sommation. Si vous persistez à avancer, je vous avertis qu'en touchant au moindre panneau de la caisse, deux cent soixante mille pistolets se braqueront contre vous et feront un feu de peloton qui vous renverra dans l'espace. Autant de fois la mort que vous avez tué chaque jour d'abonnés.

Or, il y avait dans les salles voisines un tumulte général, tous les gâte-sauces du palais étaient en quête, le roi allait se mettre à table.

Les valets envahirent bientôt le cabinet où Jupiter se débattait avec le caissier, et le saisissant par le bras :

— Ce n'est pas fort ce que vous faites-là, lui dit impertinemment le chef de la bande assermentée :

— Insulté par toi aussi ! grommela Jupiter.

— Est-ce notre faute, voilà une heure qu'on la cherche ; Sa Majesté a dû la mettre dans sa poche par inadvertance.

— De quoi veux-tu parler ?

— Cette clé que vous tenez à la main.

Le caissier riait aux larmes.

— Mais oui, reprit le marmiton, le roi veut des beignets soufflés !...

— Eh ! que m'importe sa fantaisie royale !

— Vous êtes charmant, qu'espérez-vous donc faire de cette clé, encore une fois ?

— Ouvrir ma caisse, parbleu, et emporter la moitié qui me revient.

— Ah ça, vous voulez rire... C'est la clé de la cave aux huiles.

Pour la première fois de sa vie, Jupiter tomba les bras en croix, roide, le regard voilé, sans connaissance.

XXXIII

Jupiter avait été ramené chez lui dans une voiture de louage dont le cocher était un de ses bons amis. Avant d'habiller Petit Journal, il fouilla dans tous les casiers de son cerveau, cherchant quel genre de mort il infligerait au roi. Le poison, la corde, le poignard, l'eau, le feu, il méprisait tous ces petits moyens qu'il avait vus servir cent fois à amuser le public.

Il en était là de son projet de vengeance, lorsque, sans se faire annoncer, le roi parut, tenant à la main un sac de voyage et une feuille de papier vert, le *Moniteur des Eaux*.

Jupiter résolut de lui cacher son ressentiment.

— Les soucis que j'ai pris de ta maladie, lui dit le roi en s'asseyant sans façon, ont diminué mes forces et mon embonpoint ; je viens de me peser et la balance a constaté un amoindrissement de 20 kilos en quinze jours. Nélaton m'a conseillé les bains de mer. Ainsi, mon ami, je pars immédiatement pour l'Océan ; toutefois je n'ai pas voulu me livrer aux plaisirs de la natation sans venir te serrer la main.

— J'attends vos ordres, Majesté.

— Je pense ne rester que quelques jours, mais, tu sais, il y aura des frais, les plaisirs là-bas coûtent fort cher, il faut que Petit Journal me les rapporte ; pour cela, chauffe à blanc et fais en sorte que les autruches ne s'aperçoivent pas de mon absence.

— Vous feriez bien de rester, Majesté ; il est maladroit que vous partiez quand plus de 30,000 in-folios ont été coupés, cisaillés, qu'il y a pénurie d'événements. Je tourne au rabâchage et cependant ce n'est pas ma faute : il n'y a plus de gracieux assassinats, de divins empoisonnements..... ah ! Sire, ce n'est pas comme à la fondation de notre société : il n'y a plus de ces grands hommes qui, pour l'honneur de voir leur nom baroque inséré dans notre feuille, il faut le dire, très-mal imprimée sur le dos de Fanfan, coupaient, hachaient, broyaient un homme par morceaux ; je vous le déclare en style de métier, il ne me reste plus la moindre petite veste à donner à votre royal fils.

— Tu n'as donc personne pour te conseiller, c'est si peu une idée tous les jours !

— Ah ! si mon aïeule était encore de ce monde. C'est elle qui en savait de ces bons vieux récits de nourrice !

— Tiens, par extraordinaire, tu m'illumines d'un trait de génie. Ma grand'mère, alors que j'étais au biberon m'a conté une fort plaisante histoire ; quand je dis fort plaisante, je veux dire inouïe, menaçante, épouvantable, sanglante, horrible, foudroyante, rugissante, écumante, jaillissante.

— Ah ! Sire, divine Majesté, ne suspendez plus mon attente ; quelle est-elle ?

— Ecoute, c'est le fameux *Procès des Thugs*.

Jupiter rapprocha son siége de celui du roi, afin de mieux écouter le sommaire de ces débats qui devaient, pendant toute la saison des eaux, servir de pâture aux autruches du roi Soleil.

XXXIV

Le roi commença en ces termes :

« Suivant le récit que faisait ma grand'mère pour m'empêcher de crier, les Thugs sont des personnages de convention qui n'ont jamais existé, sans quoi tous les habitants de la Terre leur auraient passé par les mains. Ces braves gens avaient des moyens très-expéditifs de se défaire de ceux qui les gênaient dans leurs opérations ténébreuses. »

Jupiter fit un bond et leva les yeux comme pour remercier le ciel. Le roi était loin de supposer qu'il devenait son complice contre sa propre vie.

Et voyant que celui-ci redoublait d'attention :

« Il y avait à leur tête, continua-t-il, un chef qui jouait un grand rôle, c'était un cœur d'acier, une âme de fer, aussi l'appelait-on Ferringhea. »

— Seringha ! répéta Jupiter, ce doit être un drôle de pistolet.

— Seringue toi-même ! Voyons, soyons sérieux, je continue :

« Dis-moi, pourquoi ne broderais-tu pas sur ce vieux thème une session de cour d'assises ? Cela se passerait au diable Vauvert, dans l'Inde, si tu veux ; la cour de Madras jugerait en premier ressort. Le madras a fait fureur cette année, et pour ma part j'aime beaucoup le madras. Mon Dieu, Calcutta ne trancherait pas mal non plus. Enfin, fais une assemblée grave, imposante, majestueuse. Tu trouveras, dans la *Case de* l'oncle *Tom* des matériaux dont tu auras soin de ne pas abuser. Rappelle surtout ta rhétorique pour la tenue de l'assistance. Que ton style mousse comme le fameux champagne que nous avons bu chez Péters. Ecoute :

Un cri d'horreur s'échappe de la poitrine des assistants. Tous se sentent menacés. Les Européens se demandent ce qu'ils vont devenir si parmi eux se trouvent des affiliés des Thugs (1).

— Mais, Majesté, interrompit Jupiter, c'est par trop bête ce que vous me racontez-là.

— Chauffe, mon ami, chauffe. *L'émotion de l'auditoire ne peut se décrire.*

— C'est se moquer du public, en vérité!

— *Quatre huissiers,* survenant aux débats, *paraissent et entraînent de force un homme qui se débat.*

— C'est faire passer un affreux calembour dans le sérieux procès des Thugs.

— Ah çà! ne me contredis pas. Vois plutôt comme l'œil du lecteur s'anime et comme sa bouche s'entr'ouvre : *La salle entière se lève, emportée par un même mouvement de colère aveugle.*

— Si j'écris sous votre dictée, Sire, nos lecteurs le seront bien davantage.

— Jupiter, ne m'oblige pas à te rappeler à l'ordre. Il ne te reste plus que les noms des personnages : invente-les ; tu connais assez les racines de toutes les langues pour en forger à volonté. Cependant, en voici qui raisonneraient fort bien : Bentick et Patterson. Ce dernier, fais-le *gros et court,* c'est bien porté, tu le sais aussi bien que moi.

---

(1) Les passages en italique sont textuels: pris au hasard dans la macédoine grossièrement épicée de *Rocambole* et des *Thugs,* ils constituent un modeste échantillon des chefs-d'œuvre de la littérature contemporaine que l'auteur se garde bien de vouloir s'approprier.

Sème les descriptions, les fleurs de beau langage: *Ses yeux expriment une épouvante voisine de la folie.*

— Au lieu de ce mur mitoyen, si je le faisais fou du premier jet?

Le roi, tout à son entreprise, continuait son amplification oratoire.

— *Ses vêtements sont en désordre.*

— Un bel effet de l'art, absolument comme Petit Journal qui ne traîne plus que la guenille.

— Un autre parle, appelle-le Gilbert, celui-là.

— Oui, en souvenir du poëte malheureux.

— *Dès qu'il parle, ce n'est plus le même homme.*

— Ah! Sire, je vous y prends, vous croyez à la métempsycose.

— Imbécile! puisque nous sommes dans l'Inde. Il faut observer la couleur locale : *il s'est redressé, une exaltation folle brille dans ses yeux.*

— Si jamais le malheur veut que vous deveniez insensé, je suis au mieux avec le docteur Delasiauve, et...

— Voyons, ne plaisante pas avec les autruches de la Salpêtrière, on écouterait à la porte, que tes jeux d'esprit feraient sauter le navire. Maintenant que ton plan est tracé, voici cent billets de mille.

— Ah! Majesté, enfin vous reconnaissez vous-même que je ne demande qu'une chaumière au bord de l'eau, avec une charmille, le cœur d'une paysanne et des grenouilles dans un bocal pour m'assurer de la température.

— Oui, mon ami, cet argent tu l'emploieras...

— Oh! Majesté, les veuves, les orphelins en auront aussi leur part.

— Non pas, non pas, ces cent mille francs ne sont pas faits pour être gaspillés si niaisement.

Jupiter laissa tomber les valeurs, que le roi se hâta de ramasser et de lui remettre dans la main.

— Eh bien, se chargera qui voudra du procès des Thugs et de l'affichage, s'écria-t-il devenu furieux, moi je garde ma chronique quotidienne : *Tout ce qui se dit, tout.....*

— Ah ! misérable, s'écria le roi, tu voudrais passer au camp de l'ennemi ! Je saurai bien te forcer à entendre comment je comprends la réclame !

XXXV

Ces cent mille francs, répéta le roi avec componction, seront employés à confectionner des affiches. Je les veux larges, hautes, immenses, de toutes les couleurs de l'arc-en-ciel. Plus elles seront insensées, mieux elles vaudront auprès des autruches populaires.

On annoncera huit jours avant la publication des Thugs, un succès formidable, inouï, monstrueux.

— Mais, Majesté, objecta Jupiter, cela ne s'est jamais fait.

— Qu'importe ! je veux garder la priorité de l'invention. Des affiches, ta fortune et la mienne sont dans cette idée toute lumineuse, toute céleste : des affiches ! Je veux qu'on en dissémine par toute la France, dans les villes, dans les villages, dans les bourgades, sur les toits, dans les greniers, dans les écuries, dans les étables, sur les clochers, et aux mâts des navires... Des affiches ! on en collera à l'aiguillon du bouvier, à la houlette du berger, au fouet du postillon. Il faut que ces cent mille francs rapportent un milliard ! Je veux que tu en surveilles l'exécution. Tu y feras mettre des hiéroglyphes intraduisibles, des caractères sanscrits, chinois, arabes, indiens, cunéiformes, étrusques.

— Sire, j'irai consulter Littré.

— Ne va pas commettre pareille sottise, nous n'avons que faire de l'Académie et de ses autruches savantes. Il y a un moyen facile d'écrire toutes les langues possibles ; pour cela, on dessine des sphinx, des cariatides, des monstres, des araignées, des hiboux... Allons, c'est dit, je pars l'âme tranquille. Aie l'œil sur Mercure et Saturne, dépiste la concurrence... Des affiches, des affiches, et sois heureux.

A peine le roi avait-il achevé de donner ces instructions, que deux cent soixante-deux mille sept cent quarante nègres galonnés d'or sur toutes les coutures apparurent chargés de colis de toute espèce ; l'un d'eux se prosterna la face jusqu'à terre devant Sa Majesté, ce qui signifiait que le train spécial qui devait le mener à l'Océan était prêt à le recevoir. Le roi leur fit un signe ; ils se retirèrent.

— Dis-moi, Jupiter, acheva le roi, maintenant que tu as des appointements fixes, je compte bien que tu n'as plus besoin de rien.

— C'est précisément l'observation que

j'allais vous faire. Je ne vous demande plus qu'une chose... la seule, l'unique, la véritable clé de la caisse... Je veux établir enfin la balance de nos opérations. Vous vous couchez toujours à l'Avoir. Cette fois j'espère que vous ne me donnerez pas la clé de la cave aux huiles.

Le roi, pris au piége, lui ferma brusquement la porte au nez.

Jupiter allait et venait dans sa chambre comme un lion furieux. Sa chevelure, comme une opulente crinière, se dressait sur sa tête, et pour employer l'expression du boulevard Montmartre, depuis que le roi avait parlé, *ce n'était plus le même homme.*

— Ah ! s'écria-t-il, où êtes-vous donc Castor et Pollux, amitié sincère et constante ! Etre descendus ensemble sur la place Maubert, s'être vus couverts du même pépin , avoir cimenté l'alliance chez Péters et mangé sur le pouce pour chacun deux sous de galette chez le père Coupe-toujours et tout cela pour qu'il en vienne à me renier. Et ce gueux-là est un monarque !

Les larmes aux yeux, la rage au cœur, il s'arrêta devant Fanfan Petit Journal, morne, abattu, consterné :

— Ah ! fit-il, dire que c'est toi, petit scélérat, fils stupide d'un père avare, qui es cause que pour la première fois de ma vie je vais mettre la main à la pâte !...

Et toute la nuit il courut s'entendre avec les porteurs d'eau et les marchands de farine.

Le lendemain, au matin, la population se trouvait prise dans un immense et inextricable réseau de papier. On courait, on s'embrassait... on n'entendait plus que ces mots: les Thugs, les Thugs ! c'était l'invasion, un petit 1815 !... On se disputait l'honneur de leur donner l'hospitalité, et l'on entendait déjà dans la foule de bons pères de famille s'écrier : Enfin, nous allons pouvoir marier nos filles, on ne trouve pas tous les jours des gendres qui arrivent de l'Inde et soient de célèbres étrangleurs !

XXXVI

Cependant, comme on l'a vu, Jupiter, plein d'une *morne* résignation, gardait un silence *farouche* sur les projets de vengeance qu'il nourrissait contre le roi. A force de lire, à côté de ses élucubrations quotidiennes, sur le dos du *Petit Journal,* cette histoire sottement imaginée des Thugs, il finit par croire lui-même à leur magie et ambitionnait le sort de ces hommes qui, sans sourciller, avaient le pouvoir d'écraser leur plus cruel ennemi entre le pouce et l'index comme ils eussent fait d'un vil insecte.

— Thugs , admirable matière à succès, s'écria-t-il, un soir qu'il ne pouvait plus *se soustraire à l'action vengeresse* qu'il préméditait, vous devez exister ! A moi, fureurs d'enfer, ventres de lions, cornes du diable, véritables cancers de l'Hôtel-Dieu !

Aussitôt la porte s'ouvrit et il se présenta un homme de haute stature et fortement musclé ! Il n'avait pour tout vêtement qu'une peau de lion, fraîchement dépecée, attachée à sa ceinture et retroussée négligemment sur l'épaule ; *sa tête aristocratique rejetée en arrière par un mouvement suprême de fierté et de nonchalance.*

Mais il avait tout le dos bleu et sur le dos des signes bizarres et mystérieux qui paraissaient être des lettres empruntées à l'alphabet du sanscrit.

C'était drôle tout de même. Mais il n'était pas allé dans l'Inde pour rien , attendu que les paquebots ne font pas crédit, *et avait été matelot dans sa jeunesse:* c'était un fils de famille.

Un moment muet, calme, les bras croisés sur la poitrine, affrontant l'orage avec une impassibilité digne du Commandeur, Jupiter regarda cet homme *d'un seul regard d'où jaillissaient par milliers des étincelles électriques.*

Il s'écoula alors une minute qui eut la durée d'un siècle et pendant laquelle un silence de mort régna entre cette forte *pile* et cette incroyable *face.*

L'homme à la peau dit enfin *avec l'accent du triomphe :*

— Toi, nourrice à Fanfan Petit Journal?

— Esprit sauvage, eut la force de balbutier Jupiter, qui êtes-vous vous - même pour oser vous présenter devant moi dans un tel déshabillé ?

— Oh ! toi pas méchant et pas savoir, moi venir remercier bonté avoir élogié beaucoup amis Thugs à moi.

Jupiter *regarda cet homme naïf en sa férocité, puis il lui dit froidement:*

— Enfin, comment vous nommez-vous jeune Indien ?

L'homme rejeta sa peau de lion, qui s'abattit jusqu'aux genoux en forme de tablier. Ce geste était superbe. Cet étrange personnage *avait un air honnête et bourgeois à première vue;* mais en l'examinant de plus près, il avait *un je ne sais quoi difficile à expliquer, mais qu'on devinait aussitôt.*

Jupiter le regardait *avec une scrupuleuse attention.*

Je suis Ferringhea, fit l'Indien en changeant de langage pour parler l'argot, sa langue maternelle ; et ne crois pas que tu pourras me *monter le bourrichon.*

— Ferringhea, Dieux immortels ! s'écria Jupiter, êtes-vous sûr d'être vivant ?

— Hé bien, ricana l'homme à la peau, en se mettant sur la défensive , avise-toi seulement de me *ficher une torgnole.* Tel que tu me vois, bâti comme un hercule, je suis le fils légitime de Narcisse Pilnigo Ferringhea qui, lui, descendait en droite ligne du célèbre Tartempion. Ah ! dame, quand

il y a deux fils, à moins d'être jumeaux, il faut bien que l'un des deux soit l'aîné. Mon père eut le malheur de venir au monde le second, et tandis que Tartempion, en sa qualité de frotteur, était reçu à la cour, mon père se faisait construire une pompe portative pour rafraîchir les gosiers desséchés. Narcisse inventait le coco, c'était l'égalité.

Ah ! mon bourgeois, toute la famille des Ferringhea a vu le jour dans les égoûts de la place Maube, mais on sait ce que c'est que la paternité.... un père, vois-tu, un père ; mais non, si tu es vieux garçon, tu ne sais pas ce que c'est qu'un père.

Hé bien, il y a cinq ans, mon père Narcisse a été aveuglé d'un rayon de soleil. Ton roi croit qu'il l'a tué, mais voilà que Narcisse est ressuscité, il est bâti en cuir de Russie cet homme-là ; mais le commerce *ça ne donne plus,* et j'ai juré de venger les deux yeux de mon père.

Jupiter, *s'inclinant devant la force brutale*, lui présenta un fauteuil.

— Donnez-vous donc la peine de vous asseoir, lui dit-il avec une *politesse obséquieuse*.

Il avait compris que Ferringhea devait passer pour avoir le *poignet rude* et *ça lui mettait la tête à l'envers*.

— Je suis père aussi mon bourgeois, continua Ferringhea, le jeune Indien de l'égoût de la place Maubert ; j'ai élevé pour ma part douze morveux, des mauvais sujets, des rien qui vaille, à qui que j'ai donné de l'éducation. Et que ça en mange de la fripe ces mioches, huit pains de quatre livres tous les jours, de vrais avaloirs, quoi ! mais aujourd'hui qu'ils sont en âge de gagner leur vie, ils m'aident dans mes opérations nocturnes.

— Que faites-vous donc, noble étranger ?

— Tu sais bien, toi qui cours toutes les nuits, ces hommes qui ont une lanterne et une tringle pour chercher dans les gouttières.

— Ah ! j'y suis, vous êtes chargé par le gouvernement de détruire les énormes rats qui infestent certains quartiers.

— Telle est ma fonction municipale, c'est un rude moyen, allez, pour faire de l'*os*.

— Et vos enfants, monsieur, à quelle branche d'industrie les destinez-vous ?

— Eux, c'est différent, c'est des Thugs. Ah ! mon cher, ça vous étrangle un homme, ça vous le découd, que c'est un *vrai beurre*.

— Et tous les douze ont des *appétits sanguinaires*, ce sont des repris de justice, des enfants pour la *veuve*. Ah ! monsieur, je vous plains, si jeune, si beau, si honnête, et si malheureux père !

— As-tu fini, farceur, tu vois donc pas que c'est des chiens que j'ai dressés à mon petit commerce et qui rapportent aussi bien que toi !

— Des terriers !... quel rapport cela a-t-il avec les Thugs, dont Petit Journal raconte chaque soir le procès *lugubre, émouvant et palpitant* d'intérêt ?

— De l'intérêt, ah ! tu me fais mal, c'est-à-dire que les vôtres, collés dans le dos de votre môme, c'est de la *gnognotte*, de la *balançoire*, du *poil à gratter*, de la pâte de jujube, tandis qu'avec les miens, mes Thugs, je veux venger le commerce et les deux yeux de mon père.... un père, vois-tu, mais tu es vieux garçon et tu ne peux pas savoir ce que c'est qu'un père.

Jupiter lui observa qu'il n'était pas sourd et lui recommanda de parler d'une façon plus discrète. *Son cœur battait à outrance ;* il prit un *air attentif*.

XXXVII

Le jeune Indien à la peau de lion continua *sur un ton vainqueur:*

A propos d'intérêt, j'ai oublié de te dire que moi, Ferringhea, je suis un fort de la *halle aux cuirs* et que depuis huit jours il est venu une espèce de *muffe* qui voulait *faire sa tête* et prétendait qu'il était de force à porter à lui seul *tous les cuirs* de la halle sur son dos, tout ça question de *jabiller* et d'*esbrouffer* les camarades.

Pour sûr, il voulait nous *épater*, puisqu'il disait à tout un chacun qu'on l'avait enterré trois fois et que trois fois il était revenu avec la même coloquinte.

— *Ah ! tu vas me le payer*, que je lui dis, tu t'en *ferais mourir*, tu t'en ferais *casser le grand ressort*, espèce de camouflet, t'avise pas de nous dire que t'es Rocambole.

— Oui qu'il dit, c'est moi que je suis Rocambole, qu'en est à sa troisième résurrection.

— Eh ben, que je lui dis, *voyons voir* ton numéro de bagne.

Et le v'la qu'il pose sa chemise et qu'il nous *fait voir*. Il avait bien le 117 sur l'épaule.

— Eh ben, que je me dis à part moi tout seul, voilà que je suis dégotté. Oh mais, *mort de ma vie*, toi Ferringea, faut pas flancher avec ce gas-là.

Aussi voilà-t-il pas que le lendemain j'arrive à la halle avec Rabat-Joie, le meilleur de mes Thugs, un épagneul gros comme le poing et qu'est pas bête comme y a tant de monde.

Mais Rocambole aussi avait un chien, dont il disait qu'il avait *béquillé* tout un régiment d'infanterie dont auquel il n'avait laissé que les souliers, manière de rire.

— Je la trouve mauvaise ta *blague*, que je dis à Rocambole, faudrait voir à ne pas me la faire aux épinards.

A la halle aux cuirs, mon bourgeois, on peut *tailler une bavette* et *tenir le crachoir* tant qu'il s'agit de la bagatelle, mais quand il faut se tanner la peau, ah, nom d'un chien, c'est là qu'il faut *fournir des pattes!*

Et voilà que j'amène mon chien en vis-à-vis avec celui de Rocambole :

— Rabat-Joie ! que je lui crie.

Et voilà mon épagneul qui lui saute à la pomme d'Adam et l'envoie balader à cinquante pieds au-dessus de la halle.

C'était rudement *tapé aux petits oignes*, tout de même.

C'étaient les camarades qui *rigolaient !* C'est moi qui en *attrapais des bleus* dans le dos !

Et il lui montrait son dos bleu et ses signes mystérieux.

Oui, mon ambassadeur, c'était bien fini, Rabat-joie avait ouvert la gueule et tout englouti dans sa *profonde*. On n'a jamais pu retrouver les restes du chien de Rocambole, une fameuse blague tout de même que ce roquet, gros comme un daim qui pesait bien ses quatre cents et avait au moins quinze pieds de haut, un aztèque, qui avait été donné à Rocambole, par un *loustic* rudement *tapé*, allez ! un vicomte nommé Tonson du Poitrail, Ponson j'te Tenaille, Chevalier qui déraille, *un lapin de la haute*, qui a le filet bien coupé, qui fait pas sa poire quand il faut faire *siffler* aux camarades un *canon sur le zinc* chez le *mastroquet*. C'est ça qu'est chic, c'est ça qu'est de la riche noblesse !

XXXVIII

Ferringhea avait enlevé la légère couche de bistre dont il avait, pour se déguiser, noirci son visage, et il était redevenu ce qu'il était réellement c'est-à-dire un séduisant enfant de la place Maubert, au teint d'une pâleur un peu sombre, aux manières remplies de morbidesse, à la physionomie douce et rêveuse.

Jupiter, quand il se fut levé après cette éloquente période, encore plein de ce langage si vrai, si coloré, déposa un *respec-*

tueux baiser sur la main mignonne que lui tendit le fort de la halle aux cuirs.

Encouragé par cette démonstration, Ferringhea continua d'un air *superbe :*

Pour t'en revenir, alors, comme tu penses, j'ai dû m'*esbigner*, parce que les camarades disaient que Rocambole a un pied dans la *haute* et qu'il mange tous les jours à la table de son noble, un *gas* qu'est pas mal connu de la *rousse*. Maintenant que je suis *sur le pavé*, si t'as besoin d'un coup de main, je suis ton homme. Je fais grève avec mes douze Thugs et v'là qu'est une belle *occase d'envoyer à la gouille* ton vieux roi Soleil.

— Au moins, demanda Jupiter, sauriez-vous l'étrangler proprement ?

— Ah ! mort de ma vie, tiens, tu vas voir, je vais commencer par ce gosse-là !

Et Ferringhea, tout disposé à montrer son savoir-faire, s'approchait de Fanfan Petit Journal.

— Oh ! grâce pour lui, monsieur Ferringhea, s'écria Jupiter, grâce ! Cet ange est innocent, et si vous touchiez au moindre des cheveux qui lui restent, vous seriez aussitôt haché, dévoré, englouti par tous les amis connus et inconnus qu'il compte dans les deux mondes.

— Eh ben, va pour le père, dit Ferringhea en se pourléchant les lèvres : si y a de la *fur*, *ça me botte*. Ton ennemi, c'est mon ennemi, c'est celui qui a aveuglé mon père, et je veux venger le commerce et les deux yeux de mon père.

— Vous l'avez déjà dit plus de cent fois.

— Ah ! *mort des braves*, tope-là, *ma vieille*, t'es un communiste, toi, t'as raison ; c'est convenu, nous partagerons la *gratte*.

— Noble Ferringhea, répondit Jupiter ému jusqu'aux larmes, vous avez le cœur du lion dont vous portez si fièrement la peau ! En me débarrassant du roi Soleil, vous gagnerez une chaine d'or qui fait vingt-huit fois le tour du cou, plus une montre à l'heure des Blancs-Manteaux qui ne se dérange que tous les cent ans.

— T'es pas la moitié d'un imbécile, toi, ça se voit. Je marche pour la *toquante*, c'est convenu.

— Quel est votre mot d'ordre, illustrissime Indien ?

— Demain soir, je flairerai avec Rabat-Joie dans les environs de la gare du Havre. Méfie-toi de la *rouscaille*.

— Adieu bijou, adieu Ferringhea, mon frère. Adieu, cher ange !

— Trésor de mes prunelles, adieu. Je cours venger celles de mon père et les rhumatismes que tu gagnes à habiller Petit Journal.

Et les deux conjurés, après avoir arrêté la mort du roi pour le lendemain, se donnèrent l'accolade fraternelle.

XXXIX

Cependant il restait un vague soupçon dans l'esprit de Jupiter. Il arrêta Ferringhea.

— Cher lingot d'or de la petite presse, lui demanda-t-il, veuillez me dire comment il se fait que vous soyez sitôt arrivé des grandes Indes.

— Tu vois bien, répondit Ferringhea, que t'es pas fort, mon bichon ; tu *donnes dans la panne*. Pour être un *lampion* d'imprimerie, t'es pas plus malin qu'un autre. Tu t'es laissé prendre à la richesse de mon costume oriental. Tel que tu me vois, je suis pas plus Ferringhea que le grand Turc ; c'est moi que j'suis Petit Rozé le garçon à la mère Brise-miche qui vend du p'tit noir au coin de la rue aux Ours. A ton service, mignon. Je me pousse un air de ballade, je suis en congé et j'ai voulu embrasser la mère : c'est moi qui porte à Alger la sardine jaune dans la première du deuxième du troisième turcos.

— Pourquoi alors avoir usurpé ce nom de Ferringhea, cent fois illustre dans nos colonnes? fit Jupiter en commençant à tomber du mal caduc.

— Simple affaire de *rigoler*, répondit Ferringhea, et d'avoir de la *braise*. J'ai vu que la balançoire pouvait prendre et j'ai voulu, comme vous, *jabiller* aux dépens du public. Mais tu n'y perdras rien, Rabat-Joie et moi nous serons au rendez-vous et, manière de faire pâlir ton roi, nous allons l'*émécher* tous les deux. Et il aura une peur *aux asticots*, je ne te dis que ça. Maintenant lorgne par la fenêtre, rien qu'un seulement pour voir si je ne suis pas Ferringhea !

XI.

Petit-Rozé, le garçon à la mère Brisemiche, le caporal de la première du deuxième du troisième turcos avait raison. A peine fut-il sorti des bureaux du *Petit Journal*, que la foule curieuse de voir Ferringhea dans le costume des Indiens, le pressa, l'entoura, l'étrangla presque en voulant l'embrasser. On se disputait l'honneur de lui serrer la main, on voulait le faire monter sur une borne pour raconter des histoires de son pays, on lui criait de chanter, de danser et de manger du tabac, des cailloux et des poules crues.

Et Petit-Rozé commençait à la trouver mauvaise ; sa peau de lion qu'il avait achetée au marché des Patriarches avait disparu, on se la partageait, on la déchiquetait, on la baisait pieusement comme une relique.

Voyant qu'il n'y avait plus rien autre chose à prendre comme souvenir du passage de ce beau jeune homme, — nu comme un ver et enluminé comme un Peau

rouge qui aurait des *bleus dans le dos*, — de jeunes biches parisiennes vinrent, armées de leurs ciseaux, et lui coupèrent des mèches de cheveux ; les pédicures, qui n'avaient pas voulu être en retard pour une telle solennité, se jetèrent aux genoux de Ferringhea, lui chatouillèrent doucement la plante des pieds et lui arrachèrent une centaine d'œils de perdrix qu'ils distribuèrent aux gens du peuple à raison d'un sou la pièce. Tout le Paris élégant attendait, sur le boulevard Montmartre, le passage du prince indien pour lui faire cortège ; tout le faubourg Saint-Germain était là, à cheval ou en calèche découverte, portant à la main des palmes et des couronnes d'immortelles.

En voyant Ferringhea dans cet état de paupérisme et de dénûment, Jupiter se sentit touché de compassion. Sous l'escorte de deux cent soixante-deux mille sept cent quarante archers du palais du roi Soleil, il traversa la foule et arriva jusqu'à l'éminentissime étrangleur de la rue aux Ours dont la mère vendait du petit noir.

Il portait à la main un pampre orné de son feuillage et de quelques grappes vermeilles.

Quand il l'offrit à Ferringhea, la foule cessa ses ovations, se demandant ce qui allait se passer.

Mais Ferringhea, fidèle aux traditions nationales, de sa main délicate, arracha brusquement une feuille au cep de vigne, la plus large, et la maintint respectueusement à une place qu'il est défendu de nommer ; et ainsi vêtu, s'arrachant aux acclamations du peuple qui déjà le portait en triomphe, il regagna la soupente qu'il habitait, à un septième étage de la rue du Petit Fouarre.

Bientôt son fidèle compagnon, Rabat-Joie arrivait au domicile, portant à la gueule un immense panier plein de sous récoltés sur son passage. C'était le prix des durillons de son maître. Et en caressant les poils soyeux de ce Thug improvisé, Petit Rozé ne regrettait pas l'Afrique.

XLI

Le roi Soleil, bien qu'il fût parti non exempt d'inquiétudes, ne se doutait guère des événements qui venaient de se passer.

Le petit village d'Ostrogothpékinville, sur les bords de la Manche, est une falaise fréquentée, dans la saison des eaux, par tous les ennuyés et ennuyeux les plus distingués de la capitale. Le roi Soleil l'avait choisi de préférence pour y venir purifier sa bile et jeter le fiel qu'il avait contre les autruches encore récalcitrantes.

Jusque-là il n'avait fait que de rares apparitions à cette plage célèbre.

Le lendemain de la visite de Petit-Rozé dit Ferringhea, à ses bureaux du boulevard Montmartre, il se montra dans tout l'éclat de sa gloire. Il était radieux, lumineux, phos-

phorescent. Il se précipita bientôt d'un rocher haut de deux cent soixante-deux mille sept cent quarante pieds, pour le moins, et se plongea dans les flots.

Alors ce fut une fête universelle. Les baleines firent jaillir de leurs évents des jets plus rapides et plus élevés que ceux du jardin de Versailles ; les requins commencèrent un quadrille croisé, les saumons se prirent par les nageoires et commencèrent une ronde autour de Sa Majesté. Les thons criaient à pleins poumons et sur tous les tons qu'ils voulaient être marinés. Les huîtres, — voyez un peu où la coquetterie va se nicher — les huîtres elles-mêmes avaient revêtu leur plus brillantes coquilles, et les moules, folles de gaieté, se perdaient sous l'azur et l'or de leurs valves entr'ouvertes. Tandis que les harengs, serrés en bataillons, entonnaient des hymnes patriotiques, les ablettes, mêlées à la foule des monstres, des polypes et des crustacés, se faisaient remarquer par leurs formes sveltes et délicates non moins que par la richesse de leur toilette ruisselante de paillettes d'or, de rubis, de saphir et d'émeraude ; et la pieuvre...!

Toutes les nations de la plaine humide étaient représentées. — Une députation de crocodiles avait été envoyée des bords du

Nil pour féliciter le roi Soleil; mais en le voyant entouré d'une auréole chargée de ses rayons électriques, éblouis, fascinés, ils demeurèrent interdits, n'osant prononcer le discours arrangé depuis mille ans pour la circonstance.

Enfin, si la fête était générale dans l'Océan, elle avait sur le rivage un aspect tout particulier.

La population balnéaire se tenait muette, ravie d'aise du merveilleux spectacle qu'elle avait sous les yeux. Elle ne savait ce qu'elle devait admirer le plus, ou la grâce et l'amplitude des formes bien nourries du roi, ou ses lunettes à branches d'or, objet de la convoitise d'élégants pick-pokets, ou la richesse de son caleçon, armé d'une M gigantesque de l'or le plus fin, qui devait signifier Manufacture ou Maison de santé ou un autre nom cabalistique, Mi-Lo, par exemple... La foule se perdait en conjectures.

Alors les deux cent soixante mille sept cent quarante nègres qui accompagnaient le roi vinrent lui servir des rafraîchissements dans une gondole blindée et cuirassée d'or, armée d'une voile de pourpre et d'un mât pavoisé. Dans un salon particulier, ils procédèrent à sa toilette, le peignant, le frictionnant et l'entourant de mille autres attentions délicates auxquelles le roi paraissait beaucoup se complaire.

Il avait renvoyé la gondole et ses fidèles esclaves et s'était une seconde fois jeté dans les vagues écumantes; il plongeait et replongeait avec délices, songeant à son excellente vache à lait du procès des Thugs, lorsque tout à coup — ô mystère! — le rocher tremble sur sa base; le roi fait de vains efforts, ses membres se crispent sous l'étreinte d'une main invisible.

C'était le câble sous-marin qui, le saisissant par le bras, lui transmettait une dépêche ainsi conçue :

Trahison. — Saturne, Mercure, Mars et Vénus éblouir population, promener Rocambole. Révolte. Ferrinchea étrangler vous avec chien, gare du Havre. Drôle, cocasse. Je m'en roule par terre.

LA LUNE.

En lisant cette pancarte qui lui donnait le vertige, le roi, sans quitter son caleçon, n'eut que le temps de jeter son manteau sur ses épaules, d'affermir ses lunettes à branches d'or et de courir prendre un train spécial pour Paris.

— Ah! la gueuse! s'écriait-il en traversant la foule qui le prenait pour un insensé. Cette Lune rousse-là me fera mourir sur un lit de sangle. Pas moyen d'apprendre tranquillement à faire le grand plongeon. Ne serais-je plus le Soleil pour qu'on me refuse encore ce royal plaisir?

XLII

Cependant, un homme attendait réellement à la gare du Havre.

Et cet homme n'était pas seul.

Il était accompagné d'un chien.

Quel était cet homme?

Quel était ce chien?

Mystère !

Cet homme, que le peuple avait reconnu, malgré son costume de caporal de la première du deuxième du troisième turcos, c'était Petit-Rozé, dit Ferringhea, le garçon à la mère Brise-miche.

Ce chien, le premier des Thugs pour la vaillance et le courage dans l'assassinat, c'était Rabat-joie, son fidèle compagnon.

XLIII

La foule turbulente qui encombrait son passage avec des guirlandes et voulait le porter en triomphe comme on avait fait de Rocambole, n'était pas apte à faciliter à Ferringhea le projet de vengeance qu'il nourrissait contre le roi, ni à laisser le champ libre à Rabat-Joie dont les crocs avaient été aiguisés pour l'occasion. Ce cérémonial commençait à le gêner extraordinairement.

En vain se récriait-il, affirmant à la multitude qu'il n'était que Petit-Rozé, un simple caporal de turcos, caserné à Alger, la multitude, prenant cette vérité pour un modeste subterfuge, afin de mieux garder l'incognito, criait à outrance : Vive Ferringhea l'empoisonneur, vive le roi des Thugs !

On eût dit, en vérité, que tout ce petit monde était soudoyé pour crier de la sorte, ce dont les gens sensés étaient loin de se douter.

Enfin le roi arrivait flanqué de ses deux cent soixante-deux mille sept cent quarante nègres.

On voyait des bannières et des oriflammes surmontés d'une **m** colossale, sur une file de deux cent soixante-trois mille six cent trente wagons pleins d'abonnés nouveaux pour Fanfan Petit-Journal qui avaient été recrutés par le roi au fond de l'Océan.

Trahi par ces cris et serré comme dans un étau, Ferringhea se dit :

« C'est fini, je sens que je vas *flancher*, pas moyen *de se la casser*, je ne peux pas *me payer une paire de flûtes*, je suis pincé !».

Il eut cependant la force de crier :

— A moi Thugs, à moi Rabat-joie !

Mais devant la chaleur tropicale, qui sortait de dessous le manteau du roi, Rabat-joie sentait déjà une soif inextinguible dessécher son gosier ; la gueule envenimée du virus rabique, il se précipitait sur son maître qu'il mordait à belles dents.

Et Petit-Rozé, dit Ferringhea, à son tour ébloui, éperdu, mordu jusqu'au sang, criait, vociférait et se roulait aux pieds du roi :

— Allah ! Allah ! exclamait-il, taio, *bono francèse*, mon beau soleil d'Afrique !

Puis il révéla tout.

Mais le roi, dont le manteau ouvert faisait épanouir toute l'aimable et royale personne rajeunie par ce bain fortifiant, loin de le prendre en pitié, le fit pirouetter sur lui-même :

— Ce sauvage s'écria-t-il, regardant son numéro matricule, appartient à la première du deuxième du troisième turcos ; il est indigne de porter l'habit militaire !

Aussitôt la populace, voyant que Ferringhea tombait en défaveur et que le roi Soleil lui refusait sa protection, se précipita sur lui, le dépouilla de ses vêtements et le dégrada sur place. Ses sardines volèrent en mille pièces. On allait le broyer, le piler, l'échauder, le lapider, le noyer, le pendre, l'empoisonner, l'étrangler ; déjà il apparaissait dans tout l'éclat de sa *beauté farouche et fatale*, lorsque, profond mystère ! mystérieuse profondeur ! par un dernier respect pour la pudeur des choses que les peuples civilisés ont horreur de montrer, Ferringhea fut trouvé nanti de cette fameuse feuille de vigne que lui avait offerte Jupiter au jour du triomphe.

Et cette feuille si rare, la foule se la disputait, la mettait à l'encan, et voulait en faire un dessus de pelote, lorsqu'un bel ange en tournée de déménagement vint à passer, fredonnant un air d'atelier et attelé à un deux-ressorts qu'il conduisait à la Daumont.

Le bel ange était un apprenti menuisier.

Le deux-ressorts était une charrette à bras.

Et le roi Soleil jeta au bel ange un rayon d'or, et l'apprenti menuisier s'arrêta soudain.

Et après avoir hissé sur la fatale charrette Petit-Rozé, chargé de chaînes, les mains liées derrière le dos, le roi donna ordre de mener le faux Ferringhea à sa villa de Charenton.

Outre les deux cent soixante-deux mille sept cent quarante nègres qui escortaient la voiture, un autre personnage suivait, l'oreille basse et le visage contristé. C'était Rabat-Joie, l'ami inséparable de Petit-Rozé gardé à vue et conduit parmi les fous.

— Brave petit cœur ! ne put s'empêcher de dire le roi, en voyant ce spectacle digne de l'admiration des siècles, combien de mes autruches n'en feraient pas autant !...

En devenant une victime de la rage, Rabat-joie avait gardé la reconnaissance.

XLIV

Comme on le pense, le roi avait hâte de revoir Jupiter. Celui-ci était occupé en ce moment à épousseter les deux cent soixante trois mille six cent trente volumes de la librairie du Petit Journal, une nouvelle branche de commerce que le roi avait créée pour utiliser tous les moments que Jupiter ne consacrait pas à la toilette de Fanfan.

— Ah ! misérable hypocrite, s'écria-t-il en le faisant tourner sur lui-même ; astre perfide, tu voulais me faire étrangler ! Tu voulais renouveler le *Crime d'Orcival, si extraordinaire et si intéressant*, tu as payé un fort de la halle aux cuirs pour jouer près de moi le rôle de Ferringhea ; mais rappelle-toi donc que Ferringhea n'est qu'un mythe, qu'il n'existe en réalité que pour le public des autruches. Eh bien, sache-le, ton homme soudoyé pour faire ce coup qui aurait bouleversé l'univers, ton Petit-Rozé va rafraîchir son cerveau dans les *Oubliettes*, que je possède à Charenton, plus horribles, plus profondes et plus ténébreuses que celles du *Vieux Louvre*. Tremble à ton tour, malheureux, tu as conjuré ma perte, de concert avec Saturne, Mars, Mercure, Vénus et la Lune ; mais je triompherai de vous tous. Qui est semblable à moi ?

Quoi que vous fassiez, reprit-il avec *l'accent du triomphe*, les autruches me resteront fidèles. Elles ne se méfient pas de moi, car vis-à-vis d'elles ; je ne suis ni un vagabond ni un chevalier d'industrie. Je leur ai dit, et elles le croient, je suis le Soleil qui les éclaire.

Jupiter ne put que balbutier quelques mots d'excuse :

— Enfin, roi de pacotille, crois-tu sincèrement que mon sort soit très-agréable? Tu pars pour les bains de mer, après m'avoir refusé une double clé de ta caisse à laquelle cependant j'ai des droits irrécusables ; tu me laisses Fanfan sur les bras avec une stupide histoire pour tout événement à raconter. Ma parole, je ne sais comment tu entends les choses pour autrui, mais voici de beaux échalas pour faire noblement mon chemin dans le monde !

En entendant cette fine réplique, le roi ouvrit son manteau et flamboya tout-à-coup.

Et Jupiter vit que son court séjour à Ostrogothpékinville lui avait été salutaire.

Le roi Soleil, en effet, riait aux éclats et était aussi radieux qu'aux plus beaux jours de sa jeunesse.

— Ah ! Sire, exclama Jupiter, grâce pour vos anciens ministres, grâce pour moi. Vous êtes éblouissant, hypertrophiant d'or et de pierreries.

— Enfin, tu reconnais ma puissance !

— Majesté, ne m'aveuglez pas, je suis un grand coupable !

— Je te laisse la vie, répondit le roi en ramenant son manteau sur ses épaules. J'ai pitié de toi... Va, tu ne seras jamais qu'une autruche comme les autres.

XLV

Le soir même, le roi Soleil annonçait en ces termes sa présence dans les murs de la capitale :

« FERRINGHEA A PARLÉ

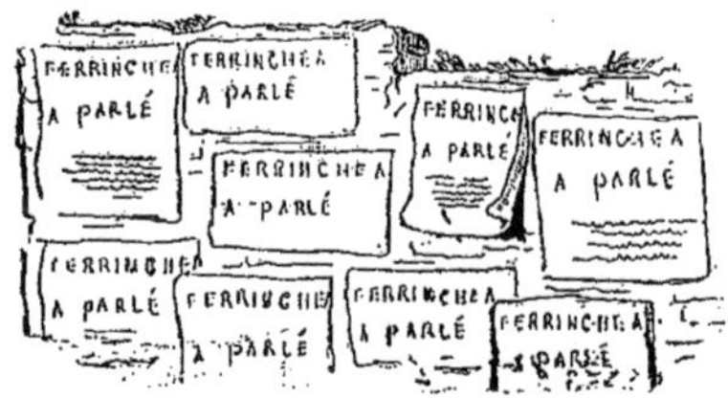

il a révélé l'affreuse trame de l'abominable complot de cette terrible et émouvante affaire ; inouïe, sanglante, horrible, exécrable, meurtrière, machinée contre mon auguste, inviolable et sacrée personne.

» Cet épouvantable récit qui fait tomber les cheveux à ceux qui en ont et qui les fait pousser aux fronts chauves et dégarnis; cette histoire palpitante d'intérêt qui fait parler les muets, entendre les sourds, voir les aveugles et ressusciter les morts, sera consignée au long, telle qu'elle s'est passée dans des régions lointaines et inconnues, sur le dos de mon royal fils Fanfan Petit Journal.

» Je compte sur votre dévouement et votre obéissance aveugle, autruches mes amies.

» *Nota benêts.* — On trouve des copies de l'émouvant procès des Thugs au Jardin des plantes, chez les gardes-champêtres de chaque localité, dans les bureaux de tabac et sur les places publiques, en s'adressant aux joueurs d'orgue et aux marchands de chansons. »

Mais comme si ce n'était pas assez pour la réhabilitation du roi Soleil, le lendemain un second appel au public se trouva comme par enchantement affiché dans toutes les villes, dans tous les bourgs et villages de France et d'Algérie. — Les absents ont toujours tort, le roi le fit bien voir.

XLVI

Or, voici quelles étaient les paroles à jamais mémorables de ce nouveau manifeste :

« Autruches bien aimées, disait le roi Soleil sur une affiche à lettres d'argent, sur fond d'azur, je connais votre amour pour Fanfan Petit Journal, j'en suis très-flatté; mais pour entendre de plus près mon illustre fils vous faire le récit des *Etrangleurs* arrivés de l'Inde par l'imagination de ma plantureuse nourrice, vous vous êtes conduites comme de vraies autruches du quartier Mouffetard. *On s'est précipité* sur Son Altesse, *on a renversé* mes archers, envahi mon palais, saccagé mes meubles, brisé mes pots de fleurs, arraché mes héliotropes, et mis en pièce ma faïence et ma porcelaine.

» Cependant, autruches de bon rapport, vous devez savoir tout le plaisir que je ressens à vous voir réunies sous mes fenêtres, vous qui êtes l'honneur de ma vieillesse et l'espoir de mes cheveux blancs.

» Ne vous dérangez donc plus : à l'instar des cafés concerts qui font parcourir la salle à leurs géants, je ferai porter dans chaque maison Fanfan orné de ses bandelettes fraîches et garnies de tout ce qui pourra vous être agréable. Vous aurez à choisir entre de vieux lardons au gratin, de la saucisse aux choux, de la panade aux navets et du cervelas à l'ail ou des pastilles à la menthe anglaise.

Fanfan Petit Journal *paraît tous les soirs* à la fenêtre du *boulevard Montmartre*. »

Plus bas, Sa Majesté avait daigné écrire de sa royale main et en lettres bâtardes façon Epinal :

» Pour celles des autruches qui n'ont pas encore vu les Thugs, la baraque se tient toujours sur le même plan de foire. Ces messieurs sont en train de plumer des oies et d'avaler des pattes de mouche. — Entrée libre, un sou seulement pour les pauvres honteux de l'arrondissement.

Avis très-important. — En dépit de l'autorisation accordée à certains musées : essuyer ses pieds, et déposer armes et parapluies, — même celui de Sardou — au vestiaire. Défense aux autruches de fumer leur pipe avant midi, comme dans les établissements de bouillon qui se respectent. »

Et pendant toute cette bienheureuse journée, on entendit gratis des pifferari payés par Sa Majesté, qui donnaient des aubades à chaque coin de rue.

Et c'était comme un vrai bouquet d'ébénisses, panaché de scieurs de long et d'entrepreneurs de bâtisses.

Le soir, le palais du roi était illuminé; on avait traîné son fauteuil jusqu'au balcon, et il s'amusait beaucoup en voyant que les autruches le prenaient pour un monstrueux phare électrique.

Puis tout Paris s'en fut voir Bobino, tandis que la foule circulait dans les rues et buvait aux fontaines dont les robinets restèrent ouverts toute la nuit.

Aussi entendait-on proclamer bien haut les largesses incommensurables de Sa Majesté le roi Soleil.

XLVII

Pour signer cette paix d'une façon plus solennelle, le roi, huit jours après ce mémorable événement, crut faire plaisir à Jupiter en l'invitant à prendre un bock au café des Variétés.

Sur un divan, près d'eux se trouvaient déjà deux personnages qui, dès leur entrée, se mirent à gloser sur leur compte.

Le roi s'enveloppa de son manteau, en sorte qu'ils le reconnurent assez difficilement.

Jupiter se rappelait les avoir vus à la brasserie des Martyrs, alors qu'il fréquentait les pauvres petites gens.

— Je parie cent mille francs, disait l'un, que c'est l'astre Jupiter qui sert de repoussoir au vieux roi Soleil. Oh ! si le vrai public connaissait tous leurs tours d'escamotage !

— Je vous en conjure, faisait l'autre plus sage et plus réservé, ne pariez pas, vous nous porteriez malheur.

Le roi et Jupiter en avaient assez entendu ; ils se hâtèrent de sortir.

— Voilà, dit le roi, une autruche qui me semble fort riche; si tu lui adressais Fanfan Petit Journal, avec ton portrait en guise de prospectus? Les cent mille francs te resteraient pour la commission.

— Croyez-moi, Majesté, répondit Jupiter, il n'y a rien à faire avec ces gueusards. Ça n'a pas le sou.

— Est-ce que tu connais cette autruche-là ?

— Malheureusement je ne la connais que trop.

— Tu la nommes?

— C'est un confrère.

XLVIII

Les courtes journées étaient venues. Un matin, le roi, en robe de chambre et en pantoufles, descendit les deux cent soixante trois mille six cent trente marches qui conduisaient de sa chambre à coucher à celle de Jupiter. Car il faut dire que depuis le retour de Sa Majesté, celui-ci était gardé à vue et n'avait permission de sortir qu'afin d'aller se rendre compte de la translation des arbres du Luxembourg expropriés et promenés dans les rues de Paris à l'occasion du décès de la Pépinière.

Jupiter dormait profondément. Il rêvait qu'après avoir occupé, en récompense de ses longs services, la place de souffleur aux Marionnettes de Séraphin, il était engagé pour toute une saison, au théâtre du Mystère Stodare-Four et Cie.

A la clarté brillante qui se fit soudain dans son boudoir interdit aux profanes, il se frotta les yeux, rejeta l'idée charmante et primitive du Sphynx au visage enduit de caramel, et salua, en bâillant deux cent soixante-trois mille six cent trente fois, la malencontreuse venue du roi Soleil.

— Jupiter, quelles Nouvelles aujourd'hui?

— *De profundis*, Majesté ! Elles ont filé avec la pluie d'étoiles du 13 novembre.

— Que dis-tu, Commandeur; es-tu sûr de n'avoir pas le vertige ?

— Hélas, roi trop ambitieux ! Votre nègre de prédilection, celui que vous aviez surpris dans la forêt vierge de Villers-Cotterêts, donnant la *Chasse à l'ours* en compagnie de ses *Bêtes*; le plus beau, le plus instruit, le plus bavard, le mieux payé, le mieux nourri de l'équipage; celui qui vous accompagnait quand vous alliez en courses et qui tenait l'anse du panier aux provisions...

— Ciel ! Encore quelque grand malheur !

— Celui à qui vous fournissiez l'huile de poisson pour se frotter, le cambouis pour se graisser et le cirage pour se noircir; celui que vous me donniez hier pour modèle et de qui vous disiez si emphatiquement qu'il

a l'âme d'un héros et le cœur d'ALEXAN-
DRÉ...

— DUMAS ferait partie de la conjuration ?

— Il tient dans l'arsenal de l'autruche
Michel Lévy une artillerie montée de cinq
cents canons, au moyen desquels il s'em-
pare de la fleur de la population. — Déjà
il a tué votre favori d'Artagnan, et sous le
nom modeste du MOUSQUETAIRE, rapière au
côté et panache au chapeau, il s'est audacieusement embarqué pour le Midi, à la
recherche des secrets du plus célèbre
assassin.

Comme un sourd qui ne veut entendre
que le bon côté des choses, le roi se prit à
rire :

— Tranquillise-toi, mon ami : *Tout le
monde sait parfaitement qu'il faut que la
maison des* Mousquetaires, rue de l'Ancienne
Comédie *disparaisse*, ce magasin qui vend
pour rien, à tout prix, et annonce depuis
six mois qu'il n'a plus que trois jours de
vente !... Ecoute plutôt : dans mon extrême
sollicitude, je viens t'offrir une occasion ex-
ceptionnelle de faire des économies pour
ton hiver. FIGARO m'annonce par le porteur
Bidault, dans une circulaire sur papier pe-
lure, qu'il s'est fait construire une splendide échoppe avec des bois de démolitions
à trente centimes le tas, et que sentant sa
fin approcher, il est résolu à faire la barbe
à deux sous.

— Ah, Majesté ! quel EVÉNEMENT !

— Il n'y a plus d'événement possible,
mon ami, c'est une réalité. Et note bien que
ce sera toujours le même blaireau grin-
cheux, la même savonnette mousseuse.

— Sire, ne parlez pas du rasoir !

— Si j'étais jaloux de sa nouvelle entreprise, je te dirais qu'il commence à s'ébré-
cher.

— Quel grabuge dans la presse, quelle

panne pour la LIBERTÉ, quelle *dèche,* ô mon
roi !... Tiens, financier ridicule, je ne vois
plus qu'un moyen de vaincre la concurrence et de faire évacuer l'ennemi...

— Aurais-tu enfin une idée lumineuse ?

— Prendre le matin, à jeun, trente gram-
mes de séné dans du jus de pruneaux. —
Succès très-actif de la rue des Lombards,
garanti sur facture.

— Je croyais, Jupiter, que tu n'avais plus
de besoins.

— Tu ne vois donc pas, roi de pacotille,
Majesté *à la manque*, que j'ai de la Terre
par dessus la tête : hé bien, je te le déclare,
si tu ne fais aujourd'hui même ta liquida-
tion, je crois que tu peux te *fouiller* !

— N'ai-je pas du coton dans les oreilles ?
s'écria le roi courroucé. C'est bien toi, astre
de mon âme, reflet de ma divine splendeur,
c'est toi, mon vieux Jupiter, qui parle argot
et cherche à faire descendre la crémaillère
de l'établissement ? Ah, misérable et trop
accessible Commandeur, pendant mon voyage à l'Océan, tu as écouté, je le vois, le
bruit des castagnettes et tu t'es laissé sé-
duire par les *Millions de la bohémienne* !
Vite, à genoux, enfant prodigue, il faut que
je te réchauffe de mes rayons.

— Ah ! sire, c'est trop peu de mille francs
par mois, je ne pourrai jamais payer tant
de gloire et de félicité... Vous pesez deux
cent soixante-trois mille six cent trente fois
plus qu'avant votre départ !

A peine Jupiter achevait-il ces mots, que
la Terre se mit à trembler; et les paisibles
habitants de Saint-Cloud, saisis de frayeur,
arrivèrent tous en procession au boulevard
Montmartre, bannières au vent et chandelle
au poing, afin de s'assurer par eux-mêmes
s'il était bien vrai que le roi Soleil n'avait
pas l'intention de les abandonner.

XLIX

Jupiter cependant ne tarda pas à s'apercevoir qu'à sa trahison et à son complot il n'avait gagné qu'un excédant de travail; il voyait ses cheveux blanchir et n'avait plus pour perspective, à la mort du roi Soleil, que les fameuses lunettes à branches d'or, une plume d'autruche pour orner son chapeau et, pour couronner sa vie, son nom légué à la postérité.

Bientôt il n'y tint plus. Il restait heureusement une dernière corde à son arc, pour en finir avec cette association qui avait toute tournée au seul profit du roi. — Jupiter résolut de tenter un coup d'éclat.

Il resta vingt-quatre heures plongé dans de mûres réflexions auxquelles son avenir paraissait être fixé.

L

Enfin, un jour le roi vint de lui-même fournir à Jupiter l'occasion de rentrer dans ses droits.

— Cherche, lui dit-il, sur le 241,900ᵉ rayon, entre ma valise et mon étui à chapeau, le *Dossier* nᵒ 113, cette poignante histoire, ce récit palpitant d'intérêt pour les autruches qui veulent bien y croire. Il faut intriguer l'univers, il faut que les Peaux-Rouges eux-mêmes se demandent qui, de moi ou de mon caissier, inspire le plus de confiance. Toutefois, comme pour les *Assassins du sac*, il n'y aura pas augmentation de prix.

— Sire, répondit Jupiter d'une façon narquoise, vous n'êtes pas encore *timbré*, cela se voit; et le Siècle proclame déjà ce grand événement : cinq centimes ! cinq centimes ! cinq centimes ! *L'un fait attendre l'autre* ; on se l'demande !

— Pauvre Siècle, excellent ami, qui nous fait cet honneur et cette indignité entre la Moutarde blanche et l'Huile de foie de morue ! On m'a dit, rue du Croissant, qu'il vient d'être victime d'une étrange aberration, conséquence fatale d'un épouvantable accident. La statue d'un écrivassier de bas étage, d'une autruche nommée Voltaire, morte depuis longtemps, s'est détachée de son piédestal et lui est tombée sur la tête. Mais j'ai hâte de te rassurer : il n'en mourra pas.

— A propos, Majesté, si je proposais à nos deux cent quarante-un mille neuf cents lecteurs — et même moins — une souscription pour vous élever un mannequin, cette idée ne vous sourirait-elle pas ? Par votre adresse à soutirer leur argent, vous l'avez bien mieux mérité que ce pitre philosophe qui ne vous va pas à la cheville.

— Et où placerais-tu le buste du roi Soleil, ingénieux collaborateur ?

— Sur le bord du trottoir, à l'entrée de la boutique, au coin de la rue Richelieu et du boulevard Montmartre !

Pour le coup, le roi, oubliant sa grandeur, se mit à danser devant sa caisse. Il tirait son mouchoir, il ajustait ses lunettes d'or, il pleurait des larmes de joie.

Et tendant la main à ce dernier ami qu'il croyait resté fidèle à son exploitation :

— C'est convenu, lui dit-il, le plus étincelant des astres s'abaisse jusqu'à te confier le soin de son auguste effigie. Ménage cette surprise aux autruches étrangères qu'entraîneront de leurs pays lointains les flots grondants et tumultueux de l'Exposition de 1867! Que ce soit la Revue pour tous.

Aussitôt on entendit un immense et joyeux éclat de rire, à travers les persiennes. C'était la Lune, qui, se moquant d'une telle prétention, entraînait avec elle quatre joyeux compères : le Hanneton, le Bouffon, le Masque et le Bonnet de coton, dont elle fêtait la bien-venue, à grands renforts de crécelle, de grelots et de tambour de basque.

LI

Jupiter crut que le moment de se venger était arrivé.

« Je ne puis, se dit-il, plus longtemps faire croire au roi Soleil que les habitants de Paris et les deux cent quarante-un mille neuf cents disséminés par toute la France sont des Autruches. Si je lui apprenais enfin ce que vaut l'humanité, il ne manquerait pas de me donner mes huit jours, et je serais vengé !

— Eh ! mon cher ami, lui répondit le roi quand il lui eut fait cette révélation, tu es adorable. Pourquoi vouloir t'obstiner à t'avouer coupable ? Il y a chez moi confusion dans les termes et non dans les idées.

» Qu'importe l'oiseau, paon, homme, dindon, oie ou autruche, lorsqu'il est assez naïf pour se laisser plumer par un plus habile que lui !

» Les plumes d'or que tu m'as aidé à récolter sont assez de mon goût, et je te jure ma parole de roi que je songe à rien moins qu'à faire à pied les trente-quatre millions de lieues qui me séparent de mon palais céleste.

» Maintenant, à la grâce du Tout-Puissant: gouvernera là-haut qui voudra ! Quant à moi, je suis très-flatté, très-honoré, de l'hospitalité qu'on me fait ici-bas.

» Va donc, mon ami; va, Jupiter ; *Timothée, Trime* toujours. »

LII

Et ceci se passait en l'an du globe terrestre 6579, — cinq cent vingt-huit ans après l'invention de la poudre, — l'année de l'apparition du fusil à aiguille dans les plaines de Sadowa et de l'immortelle découverte de la carabine Chassepot.

. . . .

Aujourd'hui l'avenir est immense , — la médiocrité plus insolente que jamais, — la crédulité humaine, comme la science, encore pleine d'hésitations. — Le progrès s'avance, la licence littéraire se meurt, et dans une pesante agonie jette son dernier râle aux échos du carrefour.

Il faut que le public, fier de sa dignité, lève la tête et sache enfin qu'il mérite d'être respecté.

. . . .

En foi de quoi, de ma plus belle anglaise et dans un style plus imagé que celui de Rocambole ou des Thugs j'ai voulu consigner ici les faits burlesques, étranges, comiques et fantastiques qu'on vient de lire.

Et afin que l'on n'ignore, dans les siècles futurs, qu'il s'est trouvé une petite autruche assez hardie pour écrire d'aussi grandes choses, — en réclamant l'indulgence de mes lecteurs, — je consens à leur transmettre la charge de mes traits, regrettant plus que jamais de n'être pas Adonis.

FIN DES AUTRUCHES DU ROI SOLEIL

Plumez-les si vous
voulez ; mais, de grâce,
ne les assommez pas !
Elles ne sont pas
méchantes.

Fr. de Biotières